KB216310

퀘스트 줄거리를 회수하라

김연주 장편소설 | 박시현 그림

인벤토리를
시겠습니까?

풀빛

차례

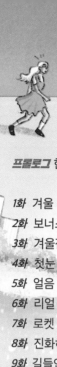

서하나

책 읽는 것을 좋아하는 평범한 고등학교 1학년.
《이상한 나라의 앨리스》를 읽다가 우연히
스토리 속으로 들어가게 되는데……

A(함태준)

자타공인 스토리텔러 업계의 창작부의 일인자.
십 대들 사이에서는 모르면 간첩일 정도로 유명하며
나르시시즘이 대단하고, 지력과 언변이 뛰어나다.

B(이민호)

동기인 A보다 지명도는 낮지만 유능한 스토리텔러.
항상 긍정적이고 밝다. 남을 배려하는 마음이 크다.
정보 파악에 누구보다 뛰어나다.

진상갑

수완 좋은 대한스토리텔링협회 이사장.
안티 스토리텔링 조직의 최근 리더가 X라는 정보를 흘리며,
A에게 새로운 프로젝트를 함께하자고 제안한다.

X

지금까지 누구인지 밝혀진 적이 없는 인물.
책 속에 NF3908 조각을 심어 놓았으며,
안티 스토리텔링 조직의 수장으로 의심받고 있다.

스토리텔러

소설 캐릭터에 빙의하여 이야기 흐름에 오류가 없는지,
줄거리가 작가의 생각과 같은지 등을 파악하는 신생 직업.
매년 공개 채용하며, 청소년에게 인기 있는 부서는 창작부이다.

동화자

소설 캐릭터에 동화되는 능력을 가진 사람.
동화자는 캐릭터의 영혼과 하나가 되어 퀘스트를
직접 수행할 수 있는 플레이어다.

운석 NF3908

책 속으로 향하는 문.
일정 속도 이상으로 진동시키면
책으로 들어갈 수 있다.
공인된 스토리텔러들만이
이 운석의 작동 원리를
프로그래밍한 워치를 이용해
책에 빙의할 수 있다.

한 동화자의 인터뷰

"안녕하세요? 대한스토리텔링협회 중앙지부에 직업 체험을 신청한 지원 번호 3번 서하나입니다."

교복 차림의 학생은 세 명의 면접관을 앞에 두고 반듯하게 앉아 인사했다. 검은색 정장을 차려입은 면접관들이 부담스러울 법도 한데 하나는 떠는 기색 없이 눈을 반짝였다.

"중앙지부에 직업 체험을 신청한 이유가 뭔가요?"

가운데 앉은 다소 깐깐해 보이는 여성 면접관이 물었다.

"저는 작은 사건을 통해 '스토리텔러'라는 꿈을 가지게 되었습니다. 이곳에서 직업 체험을 통해 제 꿈을 키워 나가고 싶어요."

"이미 지난 학기에 이곳에서 직업 체험을 했었네요? 혹시 조금 전에 말한 그 작은 사건과 관련이 있나요?"

왼쪽에 앉은 남성 면접관이 물었다.

"네. 그땐 정말 어쩌다가 참여했는데, 되돌아보니 저에게 귀중한 시간이었습니다."

"자기소개서에도 적혀 있지만, 조금 더 구체적으로 듣고 싶네요."

하나는 숨을 크게 들이마셨다가 내뱉었다.

"현역 스토리텔러님과 함께 틀어진 줄거리를 회수했던 적이 있습니다. 저는 책 읽는 걸 엄청 좋아하지만, 원래 스토리텔러에 대해서는 관심이 없었어요. 사실, 얼마 전까지도 꿈이 없어서 고민이었습니다. 그래서 누군가 꿈이 뭐냐고 물으면 둘러 대느라 바빴어요. 그런데 꼬인 줄거리를 회수하면서 '스토리텔러가 되어 보면 어떨까'라는 생각이 들었습니다. 자려고 누우면 내일 어떤 줄거리를 회수할까, 무슨 일이 일어날까 즐겁게 상상하다가 아침이 빨리 오면 좋겠다고 생각했거든요."

"어떤 부분이 재미있었나요?"

"저는 사실…… 동화자입니다."

하나의 대답에 면접관들이 흠칫 놀랐다. 하나는 그럴 줄 알았다는 듯 꿋꿋이 이야기를 이어 나갔다.

"저도 제가 동화자인 걸 얼마 전에야 알게 되었습니다. 스토리텔러의 업무는 꼬인 줄거리를 원래 상태로 되돌리면서, 꼭 게임 속 퀘스트를 풀어 나가는 것 같았어요. 마치 책처럼요. 저에게 책은 그런 존재거든요. 꼬였던 생각들이, 그리고 질문들이 하나씩 풀리는 그런 거요. 아까 말씀드린 것처럼 저는 꿈이 없어서 고민이 많았는데 직업 체험을 통해 결국 꿈 찾기 퀘스트를 완수해 냈지요. 앞으로도 저에게 여러 고민이 생길 텐데, 그때마다 이야기를 읽고 그 속에서 퀘스트를 풀어 나가고 싶어요. 제 적성과도 잘 맞는 것 같습니다."

하나가 말을 마치자 면접관들은 몇 가지 질문을 더 했다. 준비를 열심히 한 덕분에 하나는 막힘없이 술술 대답했다.

"서하나 학생, 수고했어요. 결과는 일주일 이내로 연락 갈 겁니다."

"네, 감사합니다."

하나는 정중하게 인사하고 면접장을 나와 중앙지부 정문을 가로질러 걸었다. 바람이 불자 울긋불긋한 나뭇잎이 비처럼 우수수 떨어졌고, 어깨에 닿은 머리카락도 따라 흩날렸다.

도착한 버스 정류장엔 낙엽이 쌓여 있었다. 버스 도착 정보를 알리는 단말기에 곧 버스가 도착한다고 뜨자마자 버스가 와서 하나는 오래 기다리지 않아도 되었다.

버스에 올라 건물을 빠져 나오며 하나는 반년 전의 그 작은 사건을 떠올렸다.

1화
겨울 나라의 하나,
그리고 A

하나는 멍하게 "한별 고등학교 입학을 축하합니다"라고 적힌 자기소개서를 쳐다보았다. 이름, 성격, 특기 등 빈칸을 채우는 건 식은 죽 먹기였지만, 장래 희망만큼은 달랐다.

아, 뭐라고 적지?

어른들이 "꿈이 뭐니?"라고 물을 때면 "글쎄요" 하고 대충 얼버무리곤 했다. 딱히 되고 싶은 것이 없을 뿐더러 미래의 직업을 말하라니, 그건 너무나도 먼 일처럼 느껴졌다. 이런저런 생각에 잠겨 결국 두 시간째 자기소개서를 노려보다가 도서관에서 빌려온 책으로 시선을 옮겼다.

《스토리텔러》.

표지에 적힌 제목만 반복해서 속으로 되뇌다가 책에 손을 뻔었다. 빌릴 생각까진 없었는데, 마감 시간이라는 안내 방송에 마음이 급해져 서두르다가 그만 빌려 버린 책이었다.

첫 페이지를 넘겼다.

『스토리텔러란 책에 들어가(이하 '빙의'로 통칭한다) 줄거리를 가다듬거나 정리하거나 창작하는 일을 하는 사람을 뜻한다. 소설 캐릭터에 빙의하여 이야기 흐름에 오류가 없는지, 줄거리가 작가의 생각과 같은지 등을 파악하는 신생 직업. 매년 공개 채용하며, 1차 필기 시험, 2차 체력장, 3차 인성 면접 및 심층 면접을 통해 선발한다.』

잘 알지, 그럼 그럼. 하나는 왼손으로 겉표지를 잡고 다른 한 손으로 책장을 휘리릭 넘기다가 어느 한 페이지에서 멈췄다.

『'스토리텔러 대법칙' 세 가지는 다음과 같다.

첫째, 스토리텔러는 작가에 포함되지 않는다.
둘째, 엔딩을 맞이하기 전까지 빙의된 책에서 나갈 수 없다.
셋째, 스토리텔러가 빙의된 책에 다른 스토리텔러가 들어갈 수 없다.

스토리텔러는 요즘 뜨고 있는 신생 직업 중 하나다. 주요 부서
로는 내용을 직접 만드는 창작부, 내용을 정리(청소)하는 환경
부, 빙의된 범죄자를 잡는 형사부가 있다. 부서나 연차에 따라
급여도 천차만별이다. 그중에서 단연 최고 인기 분야는 창작
부다.
창작부에서도 세부 부서가 나뉜다. 책 속 세계와 작가의 생각
이 같은지 확인하는 교정과, 신인 작가를 발굴하는 편집과, 줄
거리를 만드는 연극과가 있다.』

하나가 스토리텔러라는 새로운 직업에 대해 아는 건, 친구
보미 때문이다. 하나는 보미가 어느 스토리텔러의 일상을 담
은 브이로그를 보던 것을 떠올렸다. 그를 존경한다며 쉬는 시
간 내내 일장 연설했는데, 이름이 뭔지 기억나지 않았다.
아, 장래 희망 생각해야지.
내일까지 제출해야 하니 뭐라도 적어야 했다. 친구들은 아
무거나 적는 것 같던데, 왜 항상 장래 희망 앞에서 진지해지는
지 하나는 그 이유가 스스로도 궁금했다. 결국 빌려 온 도서

제목을 그대로 옮겨 적었다.

스토리텔러.

대충 휘갈겨 쓰고 가방에 처박았다. 거짓말을 써 둔 것처럼 찜찜했다. 하지만 그렇다고 영 거짓말은 아니었다. 꿈이란 오늘 꾸다가도 내일 바뀔 수 있고, 매일 바뀌는 것이기도 하니까. 하나는 도서관에서 빌린 소설 《이상한 나라의 앨리스》를 꺼냈다. 오랜만에 본 제목에 두근거리는 마음으로 책장에서 꺼낸 것이었다.

* * *

달빛이 빛났다. 엘리베이터가 열리고, A는 어깨까지 찰랑거리는 하얀 머리카락을 휘날리며 한치의 머뭇거림도 없이 일직선으로 난 통로를 따라 걸었다. 발걸음을 멈추자 화려한 문양이 새겨진 커다란 문이 열렸다.

"조금 늦었군요."

의자에 앉은 상갑이 말했다.

"업무가 조금 늦게 끝났습니다. 요새 줄거리가 꼬이는 일이 자주 발생하네요."

A는 업무용 책상 위에 놓인 검은 명패를 눈으로 읽었다. 대한 스토리텔링협회 이사장 진상갑. 흰 글씨와 장식된 자개가 검은 바탕에 대비되었다.

"이미 소식을 알고 있는 것 같으니 이야기가 더 쉽겠군요. 목격한 것처럼 최근 들어 시판된 도서의 줄거리가 바뀌었다는 제보가 너무 많아요."

A가 동의한다는 의미로 미소를 내비쳤다.

"아무래도 의도적으로 책 내용을 바꾸고 있는 것 같아요. 더 이상 지켜만 볼 수 없다는 것이 임원진들의 입장입니다."

상갑은 투명한 유리잔을 탁자에 내려 두고 A를 가만히 들여다보았다.

"곧 형사부도 범죄자 색출에 나서겠군요."

"아무래도 그게 이치에 맞는 일이지요. 하지만 중대한 사안인 만큼 A가 이 일을 해 주길 바라요."

"일개 직원인 제가 말입니까?"

"업계 최고잖습니까. 게다가 이건 단순히 형사부로 넘길 수가 없어요."

최고라는 말에 A는 씩 웃다가 형사부로 넘길 수 없다는 말에 얼굴을 찡그렸다.

"이번 일에 안티 스토리텔링 조직이 연관돼 있다는 이야기가 돌더군요."

"그렇다면 더더욱 형사부에서 맡아야죠."

"그 전에 A가 맡아 해결해 줬으면 해요."

그의 단호함은 더 이상 권고 사항이 아닌 명령이었으므로, A는 단념한 듯 이유를 물었다.

"아무래도, X가 포함된 것 같아요."

상갑의 말에 A의 얼굴이 곧바로 일그러졌다. 상갑은 그럴 줄 알았다는 듯이 짧은 한숨을 내쉬고 이야기를 이어갔다.

"최근 안티 스토리텔링 조직의 움직임이 예전 같지 않다는 보고가 계속해서 들어왔습니다. 형사부에서는 최근에 수장이 바뀌었다고 결론지었지요. 이전보다 더 스토리텔러들의 영역을 잘 알고 훼방한다는 느낌이 든다더군요."

"X가 수장이 되었다는 말씀이십니까?"

"대대적인 세대교체가 이뤄졌다고 보고 있어요. 방식이 완전히 바뀌었거든요. 예전에는 손이 안 닿는 등을 간지럽히듯 공격했다면 지금은 대놓고 공격하고 있으니까요."

"범인이 정말 X가 확실합니까?"

이사장은 대답은 하지 않고 책상 서랍을 열어 종이 한 장을 꺼냈다.

"이번 업무와 관련하여 필요한 것이 있나요?"

A는 하얗고 긴 손가락으로 이사장이 내민 서류에 피아노를 치듯 서명했다.

"아무래도 장기전이 될 것 같으니 차후 지원 요청하도록 하겠습니다."

"그렇게 하시죠."

서류를 받아든 상갑이 사인했다.

"지금 당장 착수했으면 좋겠군요."

"제목이 뭡니까?"

"모두가 잘 아는 책이지요. 고전이에요."

이사장이 스무고개 하듯 답했다.

"줄거리 회수 잘 부탁합니다."

* * *

하나는 마침 《이상한 나라의 앨리스》에서 가장 좋아하는 장면을 읽고 있었다. 앨리스가 흰토끼를 따라 구멍에 빠지는 장면이었다. 등 뒤로 보름달이 환하게 빛났다. 그 빛에 반응이라도 한 것처럼 책에서 반딧불이가 피어오르듯 빛나기 시작하더니, 급기야 책의 내지 전체에서 눈을 뜨고 있기 힘들 정도로 강한 빛이 쏟아져 나왔다.

"뭐, 뭐야!"

하나는 눈을 가렸다. 곧이어 무언가가 하나의 손에 닿았는데, 흠칫 놀라 그곳을 보았다. 잦아든 빛 사이로 웬 손이 불쑥 나와 도움을 청하듯 하나의 손을 꽉 붙잡았다. 하나는 다른 생각을 할 겨를도 없이 있는 힘껏 잡아당겼다. 그러자 허우적거리던 손이 책에서부터 천천히 나와 모습을 드러냈다. 손의 주인은 낯선 남자였다. 하나는 손에 맺힌 땀 때문에 미끄러져 그만 남자의 손을 놓치고 말았다. 그는 이미 책에서 빠져나온 터라 둘은 그대로 엉덩방아를 찧었다.

"아, 아파……."

하나는 눈에 힘을 잔뜩 주고 남자를 바라보았다.

"아저씬 누구세요?"

남자는 하나의 질문에도 아랑곳하지 않고 엉덩이를 털고 옷매무새를 다듬기 바빴다. 하나는 남자의 대답을 끈질기게 기다리다가 주위에 무기가 될 만한 것이 있는지 살펴보았다. 이 시간에 모르는 사람이 갑자기 나타났으니 경계해야 할 대

상이었다.

"그렇게 날 세울 필요 없어."

남자는 하나의 걱정을 알아챈 듯 무심하게 말하고는 하얗고 긴 제 머리를 정돈했다.

"나를 모르는 사람이 있을 줄이야. 나라가 어떻게 될는지."

"아저씬 저 아세요?"

"아니. 내가 왜 널 알아야 하지?"

남자는 처음으로 하나와 눈을 맞췄다.

"그럼 저는 왜 아저씨를 알아야 하죠? 그것도 이 늦은 시각에 초대하지도 않은 모르는 사람을! 지금 당장 경찰에 신고하지 않는 것을 감사하게 여기시죠."

하나는 남자를 힘껏 째려보았다.

"스토리텔러 A. 데뷔한 이래로 업계 1위를 놓치지 않은 창작부의 황제, 그래도 몰라?"

하나가 느끼기에 남자의 태도는 가관이었다. 내가 어떻게 아느냐는 눈빛을 쏘자 A는 어이없다는 듯 한숨을 뱉었다.

"다들 나만 보면 사인해 달라고 난린데, 너 같은 학생은 처음 본다."

"저도 아저씨 같은 나르시시스트는 처음 봐요."

"나르시시스트라니, 자명한 사실인데."

"뭐래. 아저씨가 스토리텔러든 아니든, 이 시간에 이곳에 있는 건 설명이 필요한데요."

A는 긴소매에 달린 커프스단추를 풀었다.

"그건 내가 묻고 싶은데."

"네?"

"날 어떻게 밖으로 꺼낸 거야?"

'어떻게'라니. 오랜만에 추억에 잠겨 소설을 읽다가 갑자기 손이 튀어나와서 잡아당긴 것뿐인데. 하나는 도대체 어느 부분을 어떻게 설명해야 하는 건지 의문스러웠다.

아니지, 설명해야 하는 건 내가 아니라 저 아저씨잖아. 시간 개념을 망각한 무례한 나르시시스트!

"제가 설명할 부분이 아닌 것 같은데요. 해명할 기회를 드렸는데도 아무 말씀 없으신 걸 보니 더는 할 말이 없어요. 경찰에 신고하겠습니다."

하나가 스마트폰을 꺼내 들자 여유를 유지하던 A가 다급한 목소리로 말했다.

"스토리텔러 대법칙 두 번째!"

그게 뭐 어쨌다고? 하나가 물끄러미 쳐다보자 A가 설명을 덧붙였다.

"엔딩을 맞이하기 전까지 빙의된 책에서 나갈 수 없다. 내용이 시작된 지 얼마 지나지 않은 시점이었어. 그런데 네가 날 꺼냈잖아."

하나는 아까 읽었던 책에서 보았던 대법칙을 떠올렸다. 맞다, 그런 규칙이 있었던 것 같았다.

"여태껏 이런 적은 한 번도 없었어."

A는 매우 귀찮게 되었다는 듯 날카롭고 냉한 표정으로 말했다.

"책을 읽고 있었고, 아저씨 팔이 나왔고, 전 그 손을 잡아당긴 것뿐이에요."

"참, 살다가 이런 경험도 다 해 보네."

A는 하나가 있다는 사실을 잊은 듯 혼잣말을 중얼거렸다.

"저기요, 그러니까 아저씨는 빙의된 후 얼마 지나지 않아 어떠한 과정에 의해 이곳으로 왔다는 거죠?"

"그렇지."

A는 조곤조곤 상황을 정리하는 하나에게서 어렴풋이 옛 상사의 모습이 겹쳐 보여 관심이 생겼다.

"정확히 어떤 장면, 어떤 상황이었죠?"

"초반이었어. 시간을 확인하고 펄쩍 뛰고 난 뒤 굴로 들어가기 직전."

"아저씨가 빙의된 캐릭터는 흰토끼였군요."

"맞아. 앨리스는 뒤따라오지 않았고, 시공간이 뒤틀리기 시작했어. 이야기가 진행되지 않으면 그 이야기는 더 이상 존재 의미가 없어지고, 세계는 소멸하게 되지. 딱 그렇게 되기 직전에 하늘에 검은 홀이 생겼고, 난 그곳으로 손을 뻗었고."

"그리고 제 손을 잡았다는 거죠?"

A는 고개를 끄덕였다.

"궁금한 게 있어요. 완성된 작품의 줄거리가 꼬일 수도 있나요? 《이상한 나라의 앨리스》는 꽤 오래전에 출간된 소설인데요."

A는 깊은 한숨을 내쉬었다.

"설명하자면 너무 길어. 그냥 세계 질서를 어지럽히려는 귀찮은 놈이 있다고만 알아 두면 좋겠군."

"저는 그 긴 설명을 듣고 싶다는 건데……."

하나는 들릴 듯 말 듯한 목소리로 혼자 중얼거렸다. 남자의 하는 행동으로 봐서 더 이야기해 줄 것 같지 않았고, 하나 또한 복잡해 보이는 상황에 깊게 관여하고 싶지 않아서 더는 묻지 않았다.

곧이어 먹구름이 완전히 지나갔다. 달은 마지막 일격을 가하는 것처럼 밝게 빛났고, 그 빛에 충전된 듯 책이 다시 반딧불이처럼 빛났다.

"이름이 뭐라고 했지?"

"서하나요."

"나 좀 도와줘야겠어."

"제가요? 왜요?"

A는 덥석 하나의 손을 붙잡았다.

"이게 과연 될지 모르겠지만, 이미 전제 하나가 깨졌으니까 그쪽으로 희망을 걸어 봐야겠거든."

A는 무슨 소린지 모를 혼잣말을 하고는 하나를 살짝 끌어당겼다.

"첫 여행이니까 눈을 감는 게 좋을 거야. 안 그러면 도착하고 나서도 한동안 앞이 안 보일 테니까."

"그게 무슨……."

"간다!"

환한 빛이 A와 하나를 감싸더니, 방 전체를 가득 채웠다. 하나는 참을 수 없이 쏟아지는 빛과 제 주위로만 작용하는 것 같은 엄청난 중력에 주저앉았다. 난생처음 느껴 보는 거대한 중력은 마치 하나를 집어삼킬 듯 입을 벌리고 달려드는 거센 파도 같았다.

* * *

하나는 사방에서 저를 짓누르는 힘에 적응하지 못하고 비명을 질렀다. 분명 크게 외쳤는데 아무런 소리가 들리지 않았다. 하나가 고개를 들자 처음 보는 세상이 눈앞에 펼쳐졌다.

"여긴 어디야?"

흙이 묻은 엉덩이를 털다가 문득 이상한 점을 발견했다. 헉, 치마다. 이게 무슨 일이야! 학교에서도 교복 치마가 싫어서 생활복 바지를 입었고, 사복도 바지만 구매했다. 그런데 치마라니, 그것도 하늘색 스커트는 본 적 없는 옷이었다.

이상한 건 그뿐만이 아니었다. 제자리에서 한 바퀴 돌자 눈앞을 스치듯 지나간 자리에 금빛 실이 빛났다가 사라졌다. 아니, 금빛 실이 아니다. 머리카락이다.

"우와, 황금색이네."

하나는 두피에서 머리카락 한 올을 떼어 냈다.

"시간 없어, 시간 없다고!"

말끔하게 차려입은 흰토끼가 품에서 회중시계를 꺼내 보더니 깜짝 놀라 제자리에서 펄쩍 뛰었다. 털도 하얀색인데 정장도 하얀색이었기 때문에 흰토끼가 아무것도 입지 않은 것처럼 보였다. 그편이 오히려 더 상식적이었다. 세상천지에 옷을 입은 토끼가 어디 있을까?

흰토끼는 곧 총알같이 튀어 나갈 것처럼 굴더니, 하나를 향해 슬며시 고개를 돌렸다.

"진짜 시간이 없는데!"

마치 하나에게 말하는 것 같았다. 시간이 없다면서 자꾸만 뒤를 돌아보며 하나와 눈을 마주쳤다.

따라오라는 건가? 하지만 하나는 망설여졌다. 처음 본 토끼, 그것도 말을 할 줄 안다는 이유로 따라나서기엔 위험 부담이 컸다. 게다가 아직 A가 어디 있는지도 모른다. 까딱 잘못하면 미아가 되기에 십상이었다.

"시간이 없다니까, 시간이! 지각이라고!"

흰토끼는 이젠 대놓고 하나에게 재촉했다.

까짓것 길 좀 잃지, 뭐. A인가 뭔가 하는 아저씨는 분명 자신이 유능하다고 말했다. 나르시시스트인 것 같아도 잘난 척

하는 거로 봐서는 완전히 틀린 말은 아닐 것이다. 그러고 보니 보미가 자신이 존경한다는 스토리텔러가 A라고 했던 게 얼핏 떠올랐다.

하나는 토끼를 뒤따라갔다. 따라오라는 투로 말한 것치곤 토끼가 굉장히 빨리 달렸기 때문에 부지런히 달리지 않으면 놓칠 지경이었다. 흰토끼는 작은 토끼굴로 껑충 뛰어들었고, 하나도 토끼를 따라 굴로 뛰어들었다. 무중력에 가까운 중력으로 인해 하나는 매우 천천히 아래로 떨어졌다. 무릎까지 오는 드레스 덕에 공기 저항이 생겨서 마치 낙하산을 허리에 맨 것처럼 안정적이었다.

"이건 무슨 책이지?"

하나는 낙하 도중 신기한 물건을 발견했다. 아무것도 적히지 않은 책, 두 개의 탁자와 한 개의 의자, 그 위에 하나가 좋아하는 무화과잼이 있었다. 연한 분홍색 옷장에는 흰색 털이 달린 하늘색 망토와 하늘색 털 부츠, 하늘색 장갑이 있었고, 아래 칸 서랍에는 하늘색 귀덮개가 있었다. 옷장 안에 있는 것들을 전부 꺼내자 물건들이 모두 연기처럼 사라졌다. 그리고 눈앞에 이상한 문구가 나타났다.

►► '모자 장수의 하늘색 망토', '삼월 토끼의 하늘색 털 부츠', '공작부인의 장갑', '겨울 아이의 귀덮개'를 획득하셨습니다. 잔여 슬롯 90퍼센트. 인벤토리를 열어 확인하시겠습니까?

이, 이게 뭐야? 눈앞에 펼쳐진 문구는 꼭 VR 게임의 것과 같았다. 언젠가 보미네 집에 놀러 갔을 때 VR 게임 세트를 보았다. 보미는 오빠가 용돈을 모아 산 게임이라며 몰래 들고 와서는 해 보자고 말했다. 하나가 고민하는 기색을 보이자 보미는 제자리에 돌려 두면 전혀 모를 거라며 전원 버튼을 누르고 고글을 썼다. 보미가 같이 하자고 하도 졸라대는 통에 못 이기는 척 커다란 기기가 달린 안경을 썼다. 인벤토리를 열고, 장비를 장착하고, 장애물이 나오면 뛰어넘고……. 그렇게 세 시간 정도 게임에 푹 빠져서 필드를 달리다가 오빠에게 딱 걸리고 말았었다.

"어, 흰토끼는 어디 갔지?"

어느새 구멍 속으로 사라졌는지 아래를 내려다보았으나 구멍이 길고 어두워서 아무것도 보이지 않았다.

[아, 아, 들려? 여기 동화 속 세상이야.]

머릿속에서 A의 목소리가 울렸다.

하나의 두 눈이 커졌다. 게임인 줄 알았는데!

"무슨 동화요? 인벤토리는 또 뭔데요?"

[지금 이곳은 수학자이자 동화 작가인 루이스 캐럴이 쓴 《이상한 나라의 앨리스》 속이야.]

"네? 그럼 제가 본 흰토끼는 《이상한 나라의 앨리스》에 등장하는 그 흰토끼란 말씀이세요?"

[벌써 흰토끼를 만났어?]

"흰토끼를 따라 굴로 들어왔어요. 그런데요, 여기가 《이상한 나라의 앨리스》라고 쳐요. 그럼 앨리스는 어딨는데요? 전 흰토끼밖에 보지 못했어요."

[《이상한 나라의 앨리스》면 그런 거지, 그렇다 치는 건 또 뭐야? 하여튼 요새 애들 말버릇은 참 이상하다니까.]

"일반화가 참 빠르시네요."

하나는 고작 한마디로 A가 성급하게 자신을 판단한다고 생각했다.

[토끼를 따라 굴에 들어갔다고 했지? 아, 참고로 네가 빙의된 캐릭터가 앨리스야.]

A는 하나의 반응을 가뿐히 무시하고 설명을 이어갔다.

"제가 앨리스라고요? 빙의된다는 말은 없었잖아요."

하나는 볼멘소리로 대답했다.

[읽은 대로, 최대한 비슷하게, 앨리스답게 하면 돼. 어때, 별거 아니지?]

별거 아니라니, 이 아저씨가 뭐라는 거야. 하나는 식은땀을 흘렸다. 이 책을 읽은 지 5년이 넘었는데, 그 많은 대사를 어떻게 기억한단 말인가. 당황스러운 나머지 하나는 무응답으로 일관했고, A는 그것을 오케이 사인으로 받아들였다.

"아저씨는 어딘데요?"

[아저씨 아니라니까. A라고 불러. 지금은 볼 수 없지만, 곧 만나게 될 거야. 아, 그리고 상상하던 이상한 나라와는 다를 거야. 원작이 많이 파괴되었거든. 너무 놀라지 말고, 침착하게, 알았지?]

"이미 놀랐는데요."

하나가 말하는 도중에 머릿속에서 연결된 무언가가 뚝 끊어진 것을 느꼈다.

"아저씨, 아저씨! 그래서 인벤토리가 뭔데요?"

더 이상 A의 목소리는 들리지 않았다.

"어떻게 하라는 거야."

하나는 투덜거렸다. 낯선 동화 속 세상, 아무도 없이 홀로

앨리스를 연기해야 한다는 부담감이 거대한 쓰나미처럼 밀려
왔다. 한참을 떨어지다 바닥에 발이 닿았다. 드디어 지구 중력
이 온몸으로 느껴졌다.

"흰토끼다!"

하나는 저 멀리 모퉁이를 도는 흰토끼를 발견했다. A의 말
대로 앨리스답게 무작정 흰토끼를 따라나서기로 마음먹었다.
사실 그 외에 달리 할 수 있는 것이 없었다.

흰토끼를 따라 모퉁이를 돌자 2미터쯤 되는 아치형 입구가
보였다. 천장은 마치 하나가 떨어진 구멍처럼 그 끝이 보이지
않았다. 안으로 들어가자 크기가 다양한 여러 개의 문이 있었
는데, 어떤 것은 매우 작아서 하나의 절반도 되지 않았고, 어
떤 것은 하나보다 두 배나 더 컸다. 하나는 가장 작은 문 앞으
로 다가갔다.

▶▶ '흰토끼가 지나간 문'입니다. 지나가시겠습니까?

〈조건〉 키를 60센티미터로 줄이세요.

하나는 기억을 더듬었다. 이야기 속에서는 몸이 줄어드는
물약과 문을 여는 열쇠가 탁자와 함께 있었다. 하나는 탁자로

시선을 돌렸다. 문 앞에 놓인 탁자에 "나를 마셔요"라는 태그가 달린, 분홍색 액체가 든 유리병이 있었다.

"이걸 마시면 작아지려나? 그럼 탁자에 놓인 열쇠를 잡지 못하는데…… 어? 열쇠가 없잖아?"

하나는 탁자 주위를 살폈지만, 열쇠는 그 어디에도 보이지 않았다.

"흰토끼가 가져갔나? 어떻게 열라는 거야?"

하나는 제 머리를 마구 헝클어트리다가 문고리를 막무가내로 돌렸다. 그러자 눈앞에서 보고도 믿기 어려운 일이 일어났다. 손잡이가 가루가 되어 공중으로 흩어졌고, 문은 자동으로 열렸다. 문에 난 직경 10센티미터만 한 구멍만이 문고리가 있었던 흔적을 나타냈다.

다른 문으로 향했다. 마찬가지로 하나가 손잡이를 잡자마자 가루가 되어 사라졌다.

"이야기가 정상이 아니라더니, 정말이네."

하나는 남아 있는 다른 문고리를 자세히 들여다보았다. 은색 문고리 정중앙에 알파벳 Sn이 적혀 있었다.

"Sn은 주석의 화학 기호일 텐데,"

활짝 열린 문 사이로 온 세상을 하얗게 뒤덮은 눈밭이 펼쳐졌다.

"으으, 추워! 고민할 필요도 없이 어느 문을 열든 바깥세상이 연결되어 있다는 사실을 진짜 앨리스는 알았을까?"

하나는 팔로 어깨를 감싸며 온몸을 부르르 떨었다.

잠깐, 춥다고?

"나폴레옹이 러시아를 정복하기 위해 군대를 이끌었는데, 하필이면 군복 단추가 주석이라 낮은 온도에서 가루가 되어 버렸다는 이야기가 섞인 건가?"

하나는 고개를 갸우뚱했다.

"그러기엔 시기가 전혀 맞지 않는걸. 나폴레옹이 살던 시대와 《이상한 나라의 앨리스》가 출간된 시기는 대략 반세기 정도 차이가 난다고. 게다가 주석 단추가 가루가 되었다는 건 그저 전해 내려오는 속설일 뿐이잖아."

하나는 마치 작중 앨리스처럼 팔짱을 낀 채 중얼거렸다.

"게다가 주석의 자연적인 형태는 합금이라고 과학 시간에 들었던 것 같아. 순수 결정체를 만드는 데는 고도의 과학 기술이 필요하지."

하나가 마지막 남은 문고리에 손을 대자 문이 활짝 열렸다.

눈이 내리는 풍경 사이로 무언가 움직이는 것이 보였다. 흰토끼였다. 만약 토끼가 옷을 입지 않았더라면 하나는 하얀 눈 사이로 뛰어가는 흰토끼를 발견하지 못했을 것이다.

"모든 문이 열렸으니 굳이 작은 문으로 나갈 필요는 없겠지."

다른 문들은 하나보다 터무니없이 작았으므로 높이가 3미터쯤 되는 문을 통과했다. 정신없이 흰토끼를 따라가다가 뒤를 돌아보니 문득 흰토끼 외에는 동물이 보이지 않음을 깨달았다.

"만약 앨리스가 그랬던 것처럼 이 자리에서 울었다면 온통 빙판이 되어 스케이트를 탔을 거야."

나무에 쌓인 눈을 보며 갑자기 한기를 느꼈다. 하얀 입김이 공중으로 퍼졌고 피부에 닭살이 돋았다. 턱 근육에 힘이 들어가 위아래 이가 딱딱 맞부딪혔다.

▶▶ 인벤토리를 열어 확인하시겠습니까?

알림창이 떴다. 인벤토리를 열어도 될까? 아니, 안 될 건 뭐야? 밑져야 본전이랬어.

"네."

토끼굴에 떨어지면서 만졌던 망토와 부츠, 장갑, 귀덮개가 인벤토리에 저장되어 있었다.

"인벤토리가 아이템을 저장하는 도구 상자쯤 되나 보네."

모든 아이템을 선택하자 저절로 착용되었다.

▸▸ 추위 방어력이 200퍼센트 증가했습니다.

"탭만 하면 저절로 장착되네! VR 게임과 똑같잖아?"

또 다른 알림창이 떴다.

▸▸ 이곳은 '코커스 경기장'입니다. 경기에 참여하시겠습니까?
  우승 시 보상이 주어집니다.

원작에서는 거대해진 앨리스가 흘린 눈물에 휩쓸린 동물들이 뭍으로 나와 젖은 몸을 말리기 위해 코커스 경기가 진행되었다.

"참가자는 나 혼자니까 당연히 우승할 수 있을 거야."

▸▸ 참가자는 '앨리스.' 우승 조건은 앨리스를 이기는 것입니다.

"내가 앨리스인데 나를 이기라고?"

책이 이상해졌다더니 시스템도 망가졌는지, 자기 자신을 이기라는 말도 안 되는 조건을 내걸었다.

▶▶ 패배 시 첫 번째 스테이지로 돌아갑니다.

첫 번째 스테이지라면 흰토끼를 만났던 에피소드를 말하는 건가? 말도 안 돼! 여기까지 흰토끼를 쫓아오느라 일 년 치의 뜀박질을 몰아서 했는데, 그걸 나보고 또 하라고? 안 돼. 그렇다면 무조건 이길 수밖에 없어. 그런데…….

"내가 어떻게 이기냐고!"

하나는 황금빛 머리카락을 움켜쥐었다.

2화

보너스 퀘스트

날선 바람이 휘몰아쳤다. 하나가 주춤하는 사이에 새로운 알림창이 나타났다.

▸▸ 이제 곧 경기장에 진입합니다. 준비, 시작!

난 아직 마음의 준비가 덜 되었다고!

하나는 내적 함성을 지르며 지름 2미터쯤 되는 거대하게 솟은 바위 둘레를 힘차게 뛰었다. 뛰고 싶은 마음이 전혀 없었지만, 어째서인지 발이 저절로 움직였다.

아, 어떻게 앨리스를 이기라는 거야. 혼자 참가한 대회에서 어떻게 본인을 이기냐고.

하나는 무작정 다리가 움직이는 대로 뛸 뿐 다른 뾰족한 수가 떠오르지 않았다.

▶▶ 1분 카운트다운을 시작합니다.

59초, 58초, 57초⋯⋯.

방법을 찾기도 전에 카운트가 시작되었다. 하나는 마음이 조급해졌다. 이대로 아무런 방법도 떠올리지 못한다면 이기기는커녕 《이상한 나라의 앨리스》를 되돌리지 못하리라.

▶▶ 45초, 44초, 43초⋯⋯.

"생각하자, 생각해!"

하나는 양손으로 제 뺨을 두드리다가 빠르게 내달리고 있는 다리에 집중했다. 그러자 차츰 속도가 줄어들었고, 어느새 멈췄다.

"앨리스의 몸에 빙의된 건 나야. 하지만 몸은 앨리스지. 달리고 싶은 건 내가 아니라 앨리스야. 그래서 내 의지와 상관없이 바위 주변을 돌았던 거야."

하나는 거친 숨을 몰아쉬었다. 다리가 달리고 싶어서 안달이 난 것처럼 멋대로 움직이려고 했다.

"그러니까 앨리스를 이기려면, 더 이상 앨리스가 뛰지 못하도록 막으면 돼!"

하나가 허공에 대고 큰소리로 외쳤다. 그러자 시간을 알리는 알림창이 1초에서 멈췄다.

▶▶ 축하합니다! '앨리스'를 이겼습니다.

알림창에서 요란한 축하 노래가 흘러나왔다.

▶▶ 〈보상〉'누에고치가 된 애벌레'를 만날 수 있습니다.

축하 노래가 꺼지고, 누에고치가 된 애벌레의 위치를 안내하는 내비게이션이 떴다.

애벌레면 애벌레지, 왜 누에고치가 된 애벌레일까? 누에고치가 된 애벌레는 그냥 애벌레와 다른 걸까? 하나는 생각에 잠긴 채 나무가 우거진 숲으로 들어갔다. 하늘에서 내리던 눈은 어느새 멎어 있었다.

하나는 낮은 덤불에 둘러싸인 높은 나무들을 지났다. 내비게이션은 누에고치가 된 애벌레 근처라며 "음성 안내를 종료합니다"라는 말을 남기고 사라졌다. 하나는 두리번거렸다. 주변에 있는 거라곤 덤불과 커다란 나무들뿐이었다. 혹시 내비게이션이 잘못 안내한 건 아닐까? 아니야, 아무리 이상한 나라가 단단히 고장 났더라도 내비게이션마저 고장 났을까.

"이렇게 추운데 애벌레가 어디 있다고."

"애벌레는 없지만 누에고치가 된 애벌레는 있지."

누군가 말했다. 하나는 화들짝 놀라 뒤를 돌아보았다.

"넌 누구야? 너 같은 생물체는 처음 봐. 나무처럼 길지만 나무는 너처럼 움직이지 않아. 바람이 불면 가끔 춤을 출 땐 있어도 뿌리를 내놓고 걷지 않거든. 그리고 너는 뿌리를 드러내 놓고 걷지만 토끼처럼 깡충깡충 뛰진 않잖아."

하나는 소리 나는 쪽을 향해 천천히 걸어갔다. 등지고 있던 나뭇가지에 짙은 고동색 고치가 단단히 매달려 있었다. 나무와 비슷한 색이어서 관심을 두지 않으면 필시 모르고 지나쳤으리라.

"흰토끼를 본 적 있어?"

"봤지."

"언제? 어디로 갔어?"

"한 달 전쯤? 바쁘다며 공작부인의 집으로 갔어."

"뭐?"

하나는 실망했다. 한 달 전이면 이곳에 빙의되기 한참 전이다. 그때 일어난 사건은 하나와 무관할 뿐더러 책 내용과도 관련 없었다. 심지어 원작의 앨리스가 만난 건 애벌레지, 누에고치가 된 애벌레가 아니었다.

"뭔가 좀 이상한데. 넌 애벌레가 아니잖아."

"이상할 게 뭐가 있어? 한 달 전까지는 애벌레였고, 겨울이 온 뒤로 모습을 바꾼 것뿐이야. 너도 항상 같은 모습을 유지하지는 않잖아."

누에고치가 된 애벌레의 말이 맞는 것도 같았다. 한 달 전이면 하나는 지금보다 1센티미터 작았고, 머리도 길었고, 중학생이었다.

"그러네. 지난주까지만 해도 고등학생이 아니었지. 앗!"

하나는 화들짝 놀라 제 입을 틀어막았다. 누에고치가 된 애벌레가 고등학생을 알 리 없었다.

"거봐, 오늘 다르고 내일 달라지는 게 삶이야. 이곳엔 왜 왔어?"

다행히 누에고치가 된 애벌레는 고등학생이라는 단어에 관심이 없었다.

"흰토끼를 쫓다 보니 여기까지 왔어. 도무지 어디로 가야 할지 모르겠어."

윽, 낭패다. 앨리스가 체셔 고양이에게 한 말을 무심결에 내뱉어 버렸다. 하나는 너무 놀라 고등학생이라고 말했을 때 보다 눈이 두 배로 커졌다.

"그건 네가 어디로 가고 싶은지에 달렸지." 하나는《이상한 나라의 앨리스》를 볼 때면 자신이 어디로 향하고 있는지를 스스로에게 물으며 책 속의 이 문장을 반복해서 읽고 또 읽었다. 언젠가 어디로 가야 하냐는 질문에 체셔 고양이처럼 답할 수 있는 날이 올 거라 기대하면서. 체셔 고양이를 만난다면 꼭 이 말을 듣고 싶었는데…… 딱 한 번 실수하는 바람에 모든 걸 망쳐 버렸다. 그때 알림창이 떴다.

▶▶ 장면에 맞지 않은 대사를 했으므로 보너스 퀘스트가 주어집니다. 거절해도 페널티는 없으며 성공 시 보상이 주어집니다. 도전하시겠습니까?

휴, 다행이다. 하나는 가슴을 쓸어내렸다. 처음으로 되돌아 간다거나 줄거리가 틀어지는 일은 발생하지 않았고, 오히려 보너스 퀘스트를 받았다. 게다가 거절해도 별문제가 없다니 얼마나 다행인가. 하나는 혹시 보너스 퀘스트가 소설 전체 흐름에 영향을 주지 않을까 걱정이었지만, 알림창이 띄우는 퀘스트가 궁금한 나머지 수락 버튼을 눌렀다.

> ▶▶ 난 어디로 가야 하나? 옛 선조들은 어디로 가야 할지 모를 때 높은
> 곳에 올랐다고 합니다. 그곳에서 아래를 내려다보면 가야 할 곳이
> 한눈에 보이기 때문이죠.
> 〈보너스 퀘스트〉 레드우드 위의 '비둘기알'을 가져오세요.
> 〈힌트〉 어느 쪽 버섯이 커질까요?

높은 곳에 오르면 숨이 찰 텐데 비둘기알까지 챙길 여력이 될까? 하나는 한숨을 내쉬었다. 이건 앨리스가 버섯을 먹고 목이 길어져 비둘기에게 뱀으로 오해받았던 장면인가. 그건 그렇고, 버섯은 어디 있지? 주변은 온통 눈으로 뒤덮여 풀 한 포기조차 보이지 않았다.

"저기, 애벌레야."

"난 애벌레가 아니라, 누에고치가 된 애벌레라고. 그냥 애벌레와 누에고치가 된 애벌레는 천지 차이라니까."

누에고치가 된 애벌레가 신경질적으로 대답했다.

"그래, 누에고치가 된 애벌레야. 키를 좀 키우고 싶어."

"아까는 변하고 싶지 않다며."

"내가 언제?"

"애벌레에서 누에고치로 변태했다고 말했을 때."

하나는 속내를 들킨 것 같아 그저 어깨만 으쓱했다.

"뭐 어쨌든, 난 좀 커져야겠어."

"커져서 뭐 하게?"

"지금 이 상태는 너무 작단 말이야."

"뭐?!"

누에고치가 된 애벌레가 꽥 소리를 질렀다. 분명 나무 기둥과 비슷한 고동색인데도 시뻘겋게 변한 것 같았다.

"아니, 내 말은 나무에 비하면 터무니없이 작다는 의미야."

"흥, 나무보다 큰 건 없어."

빌딩이라고 더 큰 게 있어. 하나는 하려던 말을 삼켰다. 내뱉었다간 빌딩이 뭐냐부터 시작해서 나무보다 큰 걸 본 적 없다는 둥, 인간은 나무보다 더 높은 건축물을 지을 수 없다는 둥 온갖 트집을 잡을 게 뻔했다.

"지금 선 자리에서 뒤로 다섯 발자국만 더 가 봐. 그렇지. 그리고 오른쪽, 아니다. 왼쪽으로 세 발자국 더 가."

누에고치가 된 애벌레는 앞이 보이지 않으면서도 하나가 어디로 가는지 용케 알아챘다.

"버섯이 꽁꽁 얼었네."

하나는 쪼그리고 앉아 버섯 표면에 붙은 눈 결정체를 살살 털어냈다.

"한쪽을 먹으면 커지고, 다른 한쪽을 먹으면 작아질 거야. 난 이만 자야겠어. 나비가 되어 훨훨 나는 꿈을 꿀 거야."

"애벌 아니, 누에고치가 된 애벌레야, 이건 너무 얼었어. 혀로 살살 녹여 먹어도 버섯이 혓바닥에 달라붙을걸."

하나는 냉동실에 언제 넣어 뒀는지 기억도 나지 않는 꽝꽝 언 냉동 블루베리를 떠올렸다. 하지만 이미 잠든 누에고치가 된 애벌레는 대답이 없었다.

"차라리 냉동 블루베리가 낫겠다."

하나는 언 땅에서 버섯을 채취했다.

▶▶ '쑥쑥 자라거나 쏙쏙 줄어드는 버섯'을 획득하셨습니다.

하나는 버섯 가장자리를 갉아 먹었다.

"이 정도로는 효과가 없으려나?"

말을 마치기 무섭게 하나의 몸이 자라기 시작했다. 숲에서 가장 작은 나무만큼 커지다가 어느 순간부터 자라는 속도가 줄더니, 다른 나무들을 내려다볼 정도로 커졌다. 하나는 재빨리 주위를 둘러보았다. 비둘기알은 도대체 어디 있는 거야?

"이렇게 추운 날씨라면 필시 비둘기알도 꽁꽁 얼었을 거야. 힌트가 필요해. 알림창을 어떻게 띄우더라?"

▶▶ 퀘스트창을 띄우시겠습니까?

"오, 나왔다."

퀘스트가 적힌 창이 다시 떴다.

▶▶ 난 어디로 가야 하나? 옛 선조들은 어디로 가야 할지 모를 때 높은
　　 곳에 올랐다고 합니다. 그곳에서 아래를 내려다보면 가야 할 곳이
　　 한눈에 보이기 때문이죠.
　　 〈보너스 퀘스트〉레드우드 위의 '비둘기알'을 가져오세요.
　　 〈힌트〉어느 쪽 버섯이 커질까요?

"어디로 가야 할지 묻는 문제와 비둘기알을 가져오는 퀘스트 사이에 어떤 연관이 있는지 모르겠다니까. 근데, 레드우드가 뭐지?"

▶▶ 레드우드는 북미에 서식하는 세쿼이아 종류로, 세상에서 가장 큰 나무로 알려져 있습니다.

알림창이 다른 창을 띄우며 설명했다.

"그러니까, 가장 큰 나무를 찾으라는 거지? 이상한 나라의 배경은 영국일 텐데 북미에 서식하는 레드우드라니, 정말 엉망진창이네."

하나는 주위를 둘러보았다. 멀지 않은 곳에 하늘 높이 우뚝 솟은 나무 한 그루가 보였다. 몸이 너무 커진 나머지 조금만 움직여도 땅이 울렸고, 덤불처럼 작은 나무들이 형체도 없이 부서졌다.

"원래 키로 되돌리고 레드우드 근처에서 다시 커져야겠어."

하나가 다른 버섯을 먹자 금세 키가 줄어들었다.

"앨리스의 관전 포인트는 키를 멋대로 늘리고 줄이는 거야. 확실해. 이거, 책으로 읽을 땐 재밌었는데 체력 소모가 심하잖아."

레드우드 앞에서 버섯을 먹자 하나의 키가 순식간에 레드우드만큼 커졌다. 알을 품으며 꾸벅꾸벅 졸던 어미 새는 깜짝 놀라 소리를 지르며 하나의 머리 위를 맴돌았다.

"알 도둑이야, 알 도둑!"

하나는 재빨리 둥지에서 알 하나를 훔치고 버섯을 입에 물었다. 여기서 더 지체했다간 비둘기 부리의 생김새가 어떤지 머리로 느끼게 될 것이다. 버섯을 먹자마자 언제 그랬냐는 듯 원래대로 돌아왔다.

▶▶ 축하합니다. '비둘기알'을 획득하셨습니다. 인벤토리를 열어서 확인하세요.

〈보상〉 다음 에피소드를 선택할 수 있습니다.

팝업된 스토리에 '겨울잠에 빠진 체셔 고양이', '첫눈 내린 다과회'가 있었다. 하나는 에피소드를 선택할 수 있다는 기대감으로 잔뜩 부풀었다. 하나는 하늘을 올려다보았다. 어미 새가 벌써 동료들을 잔뜩 불러 모았다. 숲에 이상하리만치 동물이 없었으므로, 움직이는 무언가가 있으면 그 즉시 공격할 태세였다.

"첫눈 내린 다과회부터 볼까? 아니야, 겨울잠에 빠진 체셔 고양이부터? 배가 좀 고프니까 첫눈 내린 다과회로…… 어, 어?"

▶▶ '겨울잠에 빠진 체셔 고양이'를 지금 시작합니다.

"안 돼!"

발을 헛디디는 바람에 그만 '겨울잠에 빠진 체셔 고양이'를 선택하고 말았다. 바람이 폭풍처럼 소용돌이쳤다. 아이템을 장착한 덕분에 아무리 눈보라가 몰아쳐도 춥지 않았으나, 잠시도 눈을 뜰 수가 없었다.

곧 주위가 잠잠해졌다. 하나는 천천히 눈을 떴다. 분명 같은 숲인데도 뭔가 달랐다. 지도상 이상한 나라로 묶였을 테지만, 좌표가 다른 것이 분명했다. 왜냐하면 바쁘다며 하나에게 눈치 주던 흰토끼가 하나 앞을 지나갔기 때문이다.

3화

겨울잠에 빠진 체셔 고양이

나무가 빽빽하게 우거진 숲은 어두웠다.

"바쁘다, 바빠! 시간이 없어!"

흰토끼는 여전히 바쁜지 부지런히 뛰었다. 하나는 흰토끼를 오랜만에 본 나머지 반가워서 인사할 뻔했다.

"얼른 흰토끼를 따라가야 해!"

하나는 은연중에 흰토끼가 자신을 어디론가 인도하는 안내자라고 여겼다. 첫 만남부터 흰토끼가 하나에게 시간이 없다며 따라오라는 투로 말했기 때문이다.

하나는 흰토끼를 따라 한참을 달리다가 멈춰서 거친 숨을 내뱉었다. 하얀 김이 숨을 쉴 때마다 피어올랐다. 다리가 천근만근 무거웠다. 이곳에 온 뒤로 먹은 것이라곤 버섯 반 조각뿐인데다, 함박눈이 쏟아지는데도 계속해서 걸은 탓이었다. 하나가 숨을 고르는 사이 흰토끼는 숲으로 사라졌다.

"길을 잃고 여기저기 걷던 앨리스도 배가 고팠겠지?"

땅은 하얀 눈밭이요, 하늘은 우거진 나무뿐이었으므로, 하나는 발길 닿는 대로 걸었다. 눈이 워낙 많이 쌓인 터라 걷는 족족 발이 푹푹 빠졌다.

"웬 팻말?"

가시덤불을 지나던 중이었다. 팻말에 잔뜩 쌓인 눈을 쓸어내리자 글자가 드러났다.

이쪽으로 가시오.

"어? 체셔 고양이가 등장하기 전 장면 같은데?"

하나는 팻말이 가리키는 방향으로 걸었다. 이미 눈이 쌓일 대로 쌓인 터라 길이라고 불릴 만한 것을 찾을 수 없었다. 하나는 제가 걸어온 길을 뒤돌아보았다. 저 멀리 하나가 지나온 숲은 온통 짙은 녹색과 하얀 눈이 뒤섞여 있었다. 어디를 지나온 것인지 판별할 수 없었으므로 되돌아갈 수도 없었다. 어디로 향하는 것인지 알 수 없지만, 어쨌든 계속해서 앞으로 나아가야만 했다. 하나는 팻말이 가리키는 곳으로 직진하고 있는지조차 알 수 없었고, 그저 왔던 길을 맴돌지 않기만을 바랄

뿐이었다.

굵은 나무를 기점으로 오른쪽과 왼쪽 길이 갈라졌다.

"어느 곳으로 갈까요, 알아맞혀 봅시다, 딩동댕동."

하나는 양 갈래 길을 고르다가 나무 기둥에 깊게 팬 홈을 따라 고개를 들었다. 줄기가 갈라지는 지점에 작은 글씨로 무언가 쓰여 있었다.

'체셔 고양이'는 파업합니다.

파, 파업? 하나는 두 눈을 비볐다. 그런다고 한들 글자가 바뀔 리 없었다.

"이야기를 이어 나갈 수 있긴 한 거겠지?"

'겨울잠에 빠진 체셔 고양이.' 에피소드 제목이 떠올랐다. 고양이가 동면을 취했던가? 하나가 머리를 쥐어뜯자 알림창이 떴다.

▶▶ 인벤토리를 여시겠습니까?

하나는 울며 겨자 먹기로 인벤토리를 열었다.

"아이템을 다 장착해서 텅 비었을 텐데. 어라, 이건 뭐지?"

텅 빈 인벤토리에 비둘기알이 덩그러니 저장되어 있었다.

▶▶ '체셔 고양이'는 여기에 있을까?

〈퀘스트〉 '체셔 고양이'를 찾으세요.

〈보상〉 '비둘기알'이 부화하도록 도울 수 있습니다.

비둘기알을 부화시키는 것과 체셔 고양이를 찾는 건 무슨 관계람? 고양이가 새를 잡는 건 봤어도 부화시키는 건 본 적이 없는데.

"고양이는 어디서 잠을 잘까?"

체셔 고양이가 파업 중이라는 글귀가 적혀 있었던 걸 보면, 이 나무 어딘가에 몸을 웅크리고 겨울잠을 자는 건 아닐까? 체셔 고양이답게 몸을 투명하게 만들어 자고 있을 것이다. 어쩌면 이왕 파업한 김에 나무가 아닌 다른 곳에 갈 수도 있지 않을까? 그렇다면 이상한 나라를 쥐 잡듯 전부 뒤져야 할 텐데 어떻게 찾지?

하나는 고민에 빠졌다. 나무 밑동을 발로 차볼까? 만약 나무 위에서 자고 있다면 그 반동으로 떨어지지 않을까? 하나는 이내 생각을 접었다. 허공에 나타났다가 사라지는 능력을 가진 체셔 고양이에게 중력은 무의미할 것이다. 게다가 함부로 나무를 발로 차는 건 옳지 않은 행동이다.

체셔 고양이의 특징이 또 뭐가 있지? 시종일관 웃고 있는 괴기한 모습? 하나는 어느 번역본에서 본 삽화를 따라 씩 웃었다. 아무런 변화가 없었다.

"아무도 없어서 다행이야."

하나는 제 머리를 마구 헝클어트렸다.

"어렵게 생각할 필요 없어. 원작대로 여기 어딘가에 있을 거야. 그냥 소리를 질러서 체셔 고양이를 깨우는 거지. 엄마도 아침에 날 깨울 때마다 소리를 지르시는걸."

고등학생이 된 하나는 부쩍 잠이 늘었다. 키는 이미 다 컸어도 뇌 공사는 한참 진행 중인 까닭에 아침엔 졸리고 늦은 밤엔 눈이 번쩍 떠졌다. 아무리 일찍 자려고 누워도 뜬눈으로 새벽을 맞이하기 일쑤였다. 체셔 고양이가 성장을 멈췄는지 아니면 아직 크는 중인지 알 수 없지만 고양이들은 대개 잠이 많은 편이다. 소리에 민감한 동물이니 큰소리를 내면 깜짝 놀라서 깰지도 모를 일이다.

"야호! 이 잠꾸러기, 얼른 일어나!"

푸드덕. 나무 위로 무언가 날아갔다. 겨울잠을 청하던 새무리가 깜짝 놀라 달아난 것이리라. 좋은 시도였어, 하나는 애써 그리 생각했다. 적어도 이곳에 체셔 고양이가 없을 수도 있다는 뜻이기도 했으니 말이다.

▸▸ 1차 시도 실패. 세 번의 기회가 남았습니다.

알림창이 떴다.

"뭐야, 아깐 횟수 제한 따윈 없었잖아."

조바심이 일었다.

"서하나, 정신 차려. 세 번의 기회 동안 방법을 찾아야 해."

생각해 보자. 체셔 고양이의 '체셔'는 체스터라는 영국의 어느 도시에서 유래했지. 그럼 체스터로 가야 하나?

하나는 지푸라기라도 잡는 심정으로 나무 주변을 헤집었다. 타고 갈 무언가가 나올지도 모른다는 희망 때문이었다.

▸▸ 2차 시도 실패. 두 번의 기회가 남았습니다.

체스터도 아니구나. 그래, 이 엄동설한에 갑자기 체스터로 갈 리 없지. 애초에 체스터가 정답이었다면 다른 퀘스트에서 탈 것을 보상으로 획득하는 것이 훨씬 개연성 있었다.

"아, 그래! 체셔 고양이는 언어유희를 즐겼어. 말장난을 하면 나타나지 않을까?"

흠흠, 하나는 목을 가다듬었다.

"해가 울면 해운대."

아무런 변화가 없었다. 몇 가지 더 해 볼까?

"산을 타는 할아버지는 산타할아버지. 그리고……."

▶▶ 3차 시도 실패. 한 번의 기회가 남았습니다.

시스템이 비정하게 하나의 말을 잘랐다.

"이것도 아니네."

머쓱해진 하나는 뒤통수를 긁으며 어색하게 입꼬리만 올렸다. 마지막 기회였다. 에피소드에 필요한 퀘스트이므로 실패하면 페널티가 주어질 것이라는 생각에 도달하자 신중해졌다.

상대는 체셔 고양이다. 정상적인 방법으로는 찾을 수 없을 것이다. 그렇다고 지금까지 시도했던 비정상적인 방법도 정답이 아니리라. 처음부터 다시, 천천히 생각해 보기로 했다.

"혹시 인간의 눈으로 볼 수 있는 가시광선 영역에 있을 때만 보이고, 그렇지 않을 때는 볼 수 없는 걸까?"

▶▶ 4차 시도 실패. 아쉽게도 '겨울잠에 빠진 체셔 고양이'를 찾지 못
했습니다.

"자, 잠깐만! 이건 그냥 혼잣말이었어!"
하나가 시스템에 항의하듯 말했다.

▶▶ 하지만 좋은 접근이었습니다. 따라서 기회가 한 번 더 주어집니다.
힌트와 도전 1회권을 받으시겠습니까?

"당연하지! 애초에 그건 혼잣말이었을 뿐이라고."
하나는 웅얼거렸다.

▶▶ '겨울잠에 빠진 체셔 고양이'를 찾으세요. 기회는 단 한 번.
〈힌트〉양자역학.

양자역학이 뭐였더라? 하나는 눈동자를 굴렸다.
서하나, 침착해. 양자역학이라는 단어를 어디선가 들어 본
적이 있어. 어디였지? 수업 시간은 아니었던 것 같고, 책에서
읽었나?

『양자역학이란 눈으로 볼 수 없는 미시세계에서 일어나는 입자들의 현상을 다룬 학문이다.』

양자역학과 관련된 어느 책의 한 구절이 떠오르자 하나는 감았던 눈을 번쩍 떴다. 그래, 말도 안 되는 일들이 벌어지는 세계지. 마치 이곳처럼 말이야. 읽으면서도 과연 이게 맞는 건지 의심이 들어서 하나의 기억 속에 오래 남아 있었다.

"또 뭐라고 했더라?"

하나는 계속해서 기억을 떠올렸다.

『양자는 원자나 전자처럼 어떤 입자를 지칭하는 명칭이 아니라 정수배로 셀 수 있는 기본 단위를 의미한다. 예를 들어 사탕을 한 개, 두 개, 세 개처럼 셀 수 있듯이 말이다.』

이보다 더 놀라웠던 것은 '슈뢰딩거의 고양이'였다.

『만약 어떤 상자 안에 고양이를 넣어 두고 독가스를 주입했다고 가정해 보자. 이 독가스에 노출된 고양이가 죽을 확률이 반, 살 확률이 반이라면 고양이는 살아 있을까? 이 질문의 답은 '상자를 열어 봐야 안다'는 것이다. 우문현답으로 들릴지 모를 이 답은 입자의 위치가 고정되어 있지 않고 관찰자의 시점에 따라 달라지는 양자역학의 특징을 잘 나타낸다. 고양이가 살았는지 죽었는지는 상자를 열기 전까지 알 수 없다. 그러니 상자를 열기 전까지 고양이는 죽은 것이기도 하면서 살아있기도 한 상태다.』

생각났다. 입자의 위치는 관찰자에 따라 달라진다. 하지만 머그잔을 탁자 위에 올려놓고 탁자 위에 있을 확률 99.9퍼센트, 싱크대에 있을 확률 0.1퍼센트라고 말하지 않는 것처럼 입자도 어느 위치에 존재할 것이라고 하나는 생각했다.

고양이도 마찬가지였다. 독가스에 노출된 고양이가 죽었으면 상자를 열기 전에도 죽은 것이고, 만약 살았으면 열기 전에도 산 것이 아닌가? 열기 전까지 고양이가 삶과 죽음을 동시에 경험하고 있다는 건 말이 안 된다. 기면 긴 거고, 아니면 아니요, 흑이면 흑, 백이면 백인 것이다. 적어도 둘 중의 하나가 정답이어야 한다.

그 순간, 번뜩이는 아이디어가 하나의 머릿속을 스치고 지나갔다. 머그잔이 100퍼센트 확률로 탁자 위에 있을지 몰라도 체셔 고양이는 아닐 수도 있다. 어쨌든 이곳은 이상한 나라이며, 동시에 줄거리가 실타래처럼 엉킨 동화 속 세상이었다. 뭐가 됐든 상식이 통하지 않았다.

"체셔 고양이는 이곳에 있기도 하고, 없기도 해."

▶▶ 정답입니다! 짝짝짝!

나무 위가 밝게 빛나더니, 겨울잠에 빠진 체셔 고양이가 모습을 드러냈다.

▶▶ '비둘기알'이 움직입니다. 부화시키시겠습니까?

하나는 썩 내키지 않았으나 알을 부화시키기로 했다. 인벤토리에 있던 비둘기알이 밖으로 나와 빛을 내뿜었다. 눈을 감았다 뜨자 새끼 비둘기가 허공에 떠 있었다. 노랗고 검은 솜털이 자란 분홍색 피부와 아직 뜨지 못한 거무튀튀한 눈 주위가 다소 징그러웠지만, 새 생명의 탄생을 지켜본 하나로선 모든 광경이 신기했다.

새끼 비둘기가 공중에서 천천히 내려왔다. 하나는 어린 생명을 두 손으로 받았다. 따뜻했다. 장갑을 뚫고 들어오는 작은 생명이 내뿜는 온기는 대단했다.

춥지 않을까? 하나는 새끼 비둘기에 대고 호호 입김을 불었다. 아직 알을 깨고 나올 시기가 아님은 확실했다. 이렇게 추운데 알에서 태어나면 어떤 동물이든 간에 얼어 죽을 것이다. 하나는 체셔 고양이를 보았다. 자면서도 웃고 있었다.

체셔 고양이의 입 주위 근육은 웃는 상태로 굳었을 거야. 그렇지 않고서야 입이 찢어지도록 웃으며 잘 수 있을까? 하나는 그렇게 생각하며 작은 목소리로 체셔 고양이를 불렀다.

"체셔 고양이!"

나무 위에 똬리를 튼 고양이는 자세 한번 바꾸지 않고 잤다. 손안에 있는 새끼 비둘기가 덜덜 떨었다.

"체셔 고양이! 일어나."

고양이는 미동도 하지 않았다.

"춥지도 않냐? 눈 좀 떠 봐."

"나는 잠에서 깬 상태이기도 하고 잠든 상태이기도 해."

체셔 고양이는 입 한번 벙긋하지 않았다. 하나는 잘못 들은 줄 알고 주위를 둘러보았다. 체셔 고양이를 대신해 대답할 수 있는 건 오직 자신과 체온이 떨어져 가는 새끼 비둘기뿐이었다.

"몽롱한 상태라는 뜻이야."

어느새 하나 앞에 나타난 커다란 입이 씩 미소를 지었다. 체셔 고양이의 미소를 직관한 소감은 '섬뜩함'이었다.

4화

첫눈 내린 다과회

"깜짝이야!"

덩그러니 입만 나타난 까닭에 하마터면 새끼 비둘기를 떨어트릴 뻔했다.

"날 깨우는데 이 정도는 감수해야지. 오, 이건 갓 태어난 새끼 비둘기구나."

체셔 고양이가 관심을 보이며 나머지 모습도 드러냈다.

"지금은 깨어 있는 거지?"

"그런 셈이지."

그는 하나의 질문에 심드렁해 하면서도 새끼 비둘기에게서 눈을 떼지 못했다.

"아무리 배고파도 얘는 안 돼!"

하나는 새끼 비둘기를 품에 안았다.

"뭐?"

"막 일어나서 배고픈 모양인데, 얘는 먹이로 줄 수 없어."

하나가 단호하게 선을 그었다.

"지금이 어떤 시댄데 비둘기를 잡아먹어? 요즘 고양이들은 말이야, 쥐도 무서워서 못 잡는다고."

요즘 고양이라고? 《이상한 나라의 앨리스》가 출간된 1860년대 사람들은 고양이가 쥐를 잘 잡는다고 생각했으므로, 작품에서는 잘 잡도록 묘사되는 것이 옳았다. 원작에서도 앨리스의 애완 고양이인 다이나는 쥐를 잘 잡기로 유명했다.

"지금이 몇 년도야?"

"그게 뭐가 중요해? 네가 궁금한 건 따로 있잖아."

궁금한 게 또 있었나? 하나가 고민하는 기색을 보였다.

"네가 아까 나한테 물었잖아."

"언제?"

"음, 내가 깨어 있기도 하고 자고 있기도 한 상태일 때?"

"혹시 돌고래야?"

하나는 돌고래가 수면 상태일 때도 한쪽 뇌가 깨어 있다는 연구를 다룬 기사를 읽은 적이 있다. 그것은 천적으로부터 자신을 보호할 수 있도록 진화한 결과였다.

"돌고 있진 않지만, 원한다면 공중에서 한 바퀴 돌 수 있어."

체셔 고양이는 말을 끝내자마자 바다에서 유영하는 돌고래처럼 허공에서 공중제비를 돌았다. 어찌나 유연한지 허리가 180도로 꺾이는데도 아무렇지 않은 듯, 한 바퀴 더 회전했다.

"네가 원하는 것을 들어줬으니까 내가 원하는 것도 들어줘."

"뭐?"

뭐래, 혼자 잘못 이해하고 묘기 부린 거면서.

"네 요구는 억지스러워."

"난 요구르트보다 요거트가 더 맛있어."

체셔 고양이는 '요구'를 요구르트로 해석했다.

"요거트도 먹어?"

"그럼."

체셔 고양이가 공중에서 자유형을 즐기다가 하나의 코앞에서 멈췄다.

"새끼 비둘기를 줘."

"이건 먹는 게 아니라니까?"

"새보다 요거트가 더 좋다니까?"

"새끼 비둘기는 어디에 쓰려고?"

하나가 질문하느라 방심한 틈에 체셔 고양이는 잽싸게 새끼 비둘기를 낚아챘다.

"이 새끼 비둘기는 정말 특별해. 정말 특별하다고."

체셔 고양이는 특별하단 말을 연달아 두 번이나 더 했다. 평범하기 짝이 없어 보이는 이 새끼 비둘기의 어디가 특별하다는 건지 하나는 알 수 없었지만, 체셔 고양이가 새끼 비둘기를 좀 더 소중하게 다뤄 줬으면 좋겠다고 생각했다. 손에서 두 뼘 이상 떨어지도록 던져 올린 횟수가 벌써 3회를 넘겼다.

"너처럼 공중제비를 돌면서 새끼 비둘기를 안으면 바닥에 떨어트릴지도 몰라."

"이건 재우는 거야."

"그게 뭐든, 조심하라고."

"이 비둘기도 나와 같은 존재야."

"무슨 뜻이야?"

그렇게 조심하라고 했건만 체셔 고양이는 하나의 말을 무시하고 새끼 비둘기를 품에 안은 채 공중제비를 한 바퀴 더 돌았다.

"존재하면서도 존재하지 않는 거지. 아주 특별해."

나무 위에 안착한 체셔 고양이는 발끝부터 천천히 제 몸을 지웠다. 하나는 다급해졌다.

"저, 저기 잠깐만! 나는 어디로 가야 해?"

"당연히 첫눈 내린 다과회에 참석해야지."

"뭐?"

체셔 고양이가 원래 이렇게 단호했던가? 어디로 가야 할지 모르겠다는 질문에 결연하게 대답한 체셔 고양이는 벌써 몸의 절반을 지웠다.

"그곳은 시간이 멈춰서 첫눈만 내리는 중이야. 2년 반 동안 첫눈만 내렸다지, 아마?"

그 말을 끝으로 체셔 고양이와 새끼 비둘기는 완전히 자취를 감췄다.

"완전 제멋대로야. 뭐, 캐릭터는 일관되네."

▶▶ 축하합니다. '겨울잠에 빠진 체셔 고양이' 에피소드를 완료했습니다.

갑자기 나타난 알림창에 깜짝 놀란 하나가 뒷걸음질을 쳤다. 갈수록 알림창이 자주 뜨는 것 같았다.

> ▶▶ '삼월 토끼'로부터 초대장이 도착했습니다. '첫눈 내린 다과회'에
>
> 참석하시겠습니까?

"예전부터 미친 다과회가 얼마나 미쳤는지 궁금했어. 앨리스가 빈자리에 앉으려고 할 때마다 미친 모자 장수와 삼월 토끼가 자리 없다고 외쳤는데, 초대해 놓고선 자리 없다고 세워두진 않겠지?"

김이 모락모락 나는 더운 액체가 식도를 타고 위장으로 흘러가면 얼마나 좋을까? 아이템 덕분에 춥진 않으나 따뜻한 차 한 모금이 간절했다.

* * *

다시 함박눈이 내렸다. 이미 하얗게 물든 온 세상을 더 하얗게 만들 작정인 것처럼 함박눈이 쏟아졌다. 뽀드득거리는 땅은 온통 하얀 눈밭이었고, 비쩍 마른 나뭇가지 위도 눈으로 뒤덮였다.

하나는 몇 걸음 걷다가 머리와 어깨에 쌓인 눈을 털어 내고, 다시 걷다가 눈을 털기를 반복했다. 이따금 나무에 쌓인 눈이 제 무게를 견디지 못하고 하나의 머리 위로 떨어졌다.

"여기 어디쯤일 텐데. 어?"

기다란 테이블 위에 찻잔과 찻주전자가 아무렇게나 쌓여 있었고, 다과회가 열린 테이블 위로 하늘하늘 눈이 떨어졌다. 신기하게도 테이블 외에 다른 곳에는 내리지 않았다. 하나는 입을 다물지 못하고 테이블을 멍하니 바라보았다.

▶▶ '첫눈 내린 다과회'에 오신 것을 환영합니다.

"아무도 없는데 환영하는 거 맞아?"

곧이어 알림창이 바뀌었다.

▶▶ 이럴 수가! 첫눈이 내린 뒤로 시간이 멈춘 이 다과회의 주최자인
'삼월 토끼'는 외출 중입니다. 아쉽군요.

파업한 체셔 고양이의 뒤를 이어 또 다른 난관에 봉착했다. 이대로 물러날 순 없어. 하나는 마음을 다잡고 주위를 두

리번두리번 살폈다. 테이블 뒤로 하얀 눈에 뒤덮인 오두막이 어렴풋이 보였다. 하나는 그 오두막으로 향했다. 오랫동안 아무도 없었는지 지붕과 창틀에 눈이 두껍게 쌓였고, 내부는 불이 꺼져 있었으며, 굴뚝에서는 연기가 나지 않았다.

"아무도 없나?"

하나는 머리를 헝클어뜨렸다.

"이러다 습관성 탈모가 오겠어."

달그락. 테이블 쪽에서 소리가 났다.

"누구야?"

"반짝 반짝 작은 별이 눈앞에 빙글빙글 도네."

찻주전자에서 이상한 노래가 들려왔다. 하나는 주전자 뚜껑을 열었다.

"으음, 정말 광명이 비추네."

찻주전자 안에서 겨울잠쥐가 반사적으로 반쯤 뜬 눈을 찌푸리며 짧은 팔다리를 쭉 폈다.

▶▶ '겨울잠쥐'를 발견하셨군요. 보너스 퀘스트가 주어집니다.

〈보너스 퀘스트〉 '겨울잠쥐'와 5분 동안 대화하세요. 5분이 지나기 전에 대화가 중단되거나 포기하면 실패입니다.

<보상> '눈의 제국으로 변해 버린 하트 성' 에피소드가 열립니다.

<실패> 다과회에 계속해서 참석하게 됩니다.

"대화 정도야 껌이지."

하나는 대수롭지 않게 퀘스트를 수락했다. 어디, 지금부터 대화를 시작해 볼까나?

"별이 아니라 태양이야."

무슨 말이지? 별과 해는 항성군으로 묶이긴 해도 지구에 미치는 영향력이 전혀 달랐다.

"혼자 있어?"

"혼자가 되지 않으려면 홀로서기를 해야 해."

뭐, 뭐? 하나는 잠시 할 말을 잃었다. 그 사이 겨울잠쥐가 눈을 끔뻑대며 베개로 쓰던 각설탕을 의자 삼아 앉았다.

"홀로서기는 어른이 되었다는 증거래."

"아니면 물구나무서기를 하던가! 행진하는 것도 좋은 방법이지."

물구나무서기에 행진까지? 분명 비슷한 단어로 말을 주고받았으나 대화로 이어지지 않았다. 과연 대화중인 걸까, 하나는 의문이 들었다. 하나는 허공에 떠 있는 시계를 보았다. 디

지털 숫자가 계속 줄어들고 있었다. 실패했다는 알림이 뜨지 않은 거로 봐선 시스템이 원하는 것은 주고받는 말이 지속되는 것이리라. 즉, 서로 딴말을 해도 제 차례가 되었을 때 아무 말이나 내뱉어도 괜찮다는 거였다.

"고전 좋아해? 난 책 읽는 걸 무척 좋아하는데, 그중에서도 고전이 제일 좋더라. 선생님께서 말씀하시길 역사는 반복되기 때문에 인간은 늘 같은 실수를 반복하는데, 고전을 통해 자각할 수 있다고 하셨어."

작년 겨울, 고등학교가 정해지고 졸업 직전이 되자 학생들이 모두 늘어져 수업을 듣는 둥 마는 둥 했다. 그때 국어 선생님께서 미소 지으시며 하신 말씀이었다. 아이들은 성의 없이 "네"라고 대답했으나 왠지 모르게 하나는 그 말씀이 마음속에 깊게 남아 겨울방학 동안 고전만 읽었다.

"고전은 모든 것의 기본이지. 패션도 건축도 돌고 돌다 보면 결국 돌아오게 되어 있어. 물론 난 부메랑을 좋아해."

하나가 시간을 확인했다. 이제 겨우 1분이 지났다. 5분 동안 이 대화를 어떻게 이어갈지 막막해졌다.

그때 겨울잠쥐가 말했다.

"겨울이 오고 난 뒤로 모두가 미쳐 버렸어. 이상한 나라에

살면서 미치지 않고 배기겠어? 미친 모자 장수는 더 이상 모자를 팔지 않아. 망토를 만들지. 하긴, 미치지 않고서야 어떻게 모자를 팔겠어? 난 여태껏 모자를 사는 이를 본 적이 없어. 솜씨가 대단해서 다들 구경만 하지. 네가 걸친 것도 모자 장수가 만든 망토구나."

토끼굴로 떨어질 때 '모자 장수의 하늘색 망토'라고 알림 창이 떴던 것이 떠올랐다. 겨울이 온 뒤로 다들 힘들어졌고, 그래서 이직한 것이 분명해. 그러고 보니 '삼월 토끼의 하늘색 털부츠'라고 떴던 것 같은데. 그럼 설마, 삼월 토끼가 없는 이유가…….

"고인, 아니지 고토의 명복을 빕니다."

인간은 죽어서 이름을 남기고 토끼는 죽어서 가죽을 남긴다더니, 어쩐지 발이 따뜻하게 느껴졌다. 어디 따뜻한 것뿐인가? 땀 흡수와 적절한 통풍 덕분에 오랜 시간 걸었음에도 불구하고 발이 뽀송했다.

"삼월 토끼는 거북이와 경주하러 갔어. 지금쯤 설산에 도착했을 거야."

"뭐야, 그럼 내가 신은 건 왜 삼월 토끼의 하늘색 부츠인 건데?"

▶▶ '삼월 토끼'가 경주를 대비해 만든 부츠로, '삼월 토끼'의 발바닥에 털이 많아 부득이하게 두고 간 아이템입니다. 보온력 유지 200퍼센트.

알림창이 떴다.

"휴, 다행이다."

하나는 안도의 한숨을 내쉬었다. 시간은 2분 30초를 지나고 있었다.

"빙수 먹기 딱 좋은 날씨야. 요새 미세 먼지가 많아서 평범한 눈으로 빙수를 만들면 위험해. 삼월 토끼와 거북이는 경주 핑계를 대고 빙수를 먹으러 간 게 틀림없어. 설산의 눈은 정수보다도 깨끗하니까. 나도 데려가 달라니까 경주하면 빙수를 먹을 수 없다고 박박 우기더라니까? 다과회 초대장은 전부 발송시켜 놓고 저 혼자 가 버렸어."

"주최자가 없는 다과회라니."

어떻게 사람을 불러 놓곤 경주하러 설산에 갈 수 있어? 하나는 속으로 투덜거렸다.

"커피 한 잔 할래? 꽃소금을 넣고, 돌소금을 넣고, 깨소금을 넣고……."

"난 마카롱이 좋아. 색이 예쁠수록 맛있어."

"맛소금을 넣고, 천일염을 넣고, 음…… 또 무슨 소금이 있더라?"

겨울잠쥐가 하나를 빤히 쳐다보았다.

"히말라야 소금."

"그렇지, 죽염! 죽염도 조금 넣어야 해. 죽염은 다른 소금보다 덜 넣는 게 포인트야."

그건 무슨 커피람? 소금 커피? 말을 주고받긴 해도 겨울잠쥐는 전혀 듣질 않았다. 기껏 히말라야 소금을 말해 줬는데 죽염을 외치는 걸 보아 분명했다. 드디어 4분이 조금 넘었다.

"첫눈을 멈추는 방법을 아니?"

드디어 겨울잠쥐가 질문했다.

첫눈을 멈추는 방법이라…….

"정답은 두 번째 눈을 내리게 하는 거야."

겨울잠쥐는 혼자 묻고 답하기 고수답게 하나가 대답할 시간을 주지 않고 냉큼 말했다. 하나는 반쯤 정신을 놓고 겨울잠쥐의 말을 한 귀로 듣고 다른 귀로 흘려보냈다.

"하지만 이곳은 첫눈이 내리는 시간에 멈춰 있어. 여제가 이곳을 떠나지 않는 이상 두 번째 눈은 영원히 내리지 않을 거야."

여제라면 하트 여왕을 말하는 걸까? 하지만 여왕과 여제는 엄연히 다르다. 대영제국을 다스렸던 빅토리아 여왕도 인도에서 여제로 불렸으나 대영제국에서는 여왕이라고 불렸다.

"다들 겨울 아이가 사라졌기 때문이라고 말하지만 내 의견은 좀 달라."

어느새 겨울잠쥐가 진지하게 말했고, 하나는 겨울잠쥐를 향해 상체를 바싹 기울였다.

"겨울 아이가 누군데? 왜 사라졌어?"

하나가 두 눈을 반짝였다.

"난 겨울보다 봄이 좋아. 봄에 내리는 눈이 뭐게? 꽃눈이야."

▶▶ 5분이 지났습니다. '겨울잠쥐'와의 대화를 종료합니다.

중요한 순간에 알림창이 떴다. 김이 팍 샜다.

▶▶ 축하합니다. '겨울잠쥐'와 5분 동안 대화하기 퀘스트를 성공하셨습니다. '눈의 제국으로 변해 버린 하트 성' 에피소드가 열립니다.

어느새 겨울잠쥐는 각설탕을 베고 누웠다.

"자, 잠깐만! 그래서 겨울 아이는 누군데?"

"음냐. 뚜껑을 닫는 건 다과회에 초대된 이의 예의야."

잠깐만이라고 하나가 말하려고 하자 하늘에서 눈이 내렸다. 아니, 다시 보니 신비한 빛 가루였다.

"우와."

하나는 신기하게 쳐다보았다. 점점이 떨어지는 빛에 손바닥을 가져다 대다가 눈으로 그 궤도를 쫓았다. 그 끝에 비둘기 한 마리가 활기차게 날갯짓하며 테이블 주위를 빙글빙글 맴돌았다. 하나는 어미 비둘기인 줄 알고 잔뜩 긴장했다.

▶▶ '체셔 고양이의 어린 비둘기'가 등장했습니다.

체셔 고양이의 어린 비둘기라면…….

"내가 부화시킨 그 비둘기?"

[이제 알아챘냐?]

어디서 들어 본 말투인데. 하나의 머릿속에 낯선 소년의 목소리가 울렸다.

[파업 중인 체셔 고양이를 대신해 왔어. 준비됐어?]

무슨 준비를 말하지? 하나는 의문을 표하듯 비둘기를 빤히 쳐다보았다.

[왜 대답 안 해? 하여튼 요즘 것들이란 묻는 말에 얼른 대답을 안 하지. 얼음 성에 입성할 준비가 됐냐고.]

"아, 네."

고압적인 태도에 하나는 저도 모르게 존댓말을 했다. 어린 비둘기는 공중제비를 여러 바퀴 돌더니, 앙상하게 가지만 남은 나무를 향해 포르르 날아갔다. 부리로 나무 기둥을 콕콕 찍자 종이가 불에 타는 것처럼 빛이 퍼졌고, 기둥 한가운데에 성이 모습을 드러냈다.

[통치자가 바뀐 뒤로 이 지경이야. 하트 여왕과 수족들은 모두 깊이 잠들었지.]

겨울잠쥐가 얼핏 제국이라고 말했던 이유였다. 하트 여왕이 아니라면 누가 왕이라는 걸까, 하나는 궁금해졌다.

[너도 그렇게 될 수 있어. 그래도 갈래?]

어린 비둘기가 나무 위에서 하나를 정면으로 내려다보았다. 어떻게 해야 하지? 하나는 고민에 빠졌다. 하트 여왕과 카드 병정들처럼 잠들어 버리면 영영 소설 속에 갇혀 현실 세계로 돌아갈 수 없을지도 모르는 거였다.

알림창이 떴다. 동시에 하나의 머릿속에 스토리텔러 두 번째 법칙이 떠올랐다. 『엔딩을 맞이하기 전까지 빙의된 책에서 나갈 수 없다.』 이러나저러나 최악의 결과는 같았다. 그러니 적어도 원래 세계로 돌아갈 가능성을 높이는 게 더 낫지 않을까, 그렇게 생각하는 하나의 주먹에 힘이 들어갔다. 성으로 향하는 그녀의 발걸음에 비장함이 서렸다.

5화

얼음 성을 탈환하라

흰 장미가 활짝 핀 정원이 눈으로 뒤덮였다. 하늘하늘 아름다운 눈 결정체 뒤로 햇빛에 반사되어 반짝이는 얼음 성이 장엄한 모습을 드러냈다. 온통 얼음으로 지어진 성은 뾰족하게 솟은 탓에 주위가 더욱 차갑게 느껴졌다. 성을 등지고 서면 끝없는 눈밭이 펼쳐졌다. 게다가 눈보라가 심하게 몰아쳐서 가시거리도 짧았다. 하나는 반전되는 풍경을 멍하게 바라보았다.

[구경 왔어?]

어린 비둘기가 퉁명스럽게 말했다.

아차, 에피소드 깨러 왔지? 어린 비둘기의 핀잔에 하나는 정신이 번쩍 들었다. 고개를 부르르 떨고 차갑게 얼어붙은 성을 보았다. 붉은 장미 대신 얼음 장미, 하트 성 대신 얼음 성,

성의 어느 곳에서도 하트나 붉은색을 찾아볼 수가 없었다.

어린 비둘기가 하나의 머리 위에 앉았고, 하나는 성으로 향했다. 걸음걸이마다 뽀도독 눈이 밟혔다.

▶▶ '눈으로 얼어붙은 눈의 제국, 얼음 성'에 입성하셨습니다.

〈퀘스트〉 눈의 여제를 왕좌에서 끌어내리세요.

〈보상〉 눈의 제국을 이상한 나라로 되돌릴 수 있습니다.

〈실패〉 첫 번째 스테이지로 돌아갑니다.

어디선가 흰토끼가 나타났다. 흰토끼는 지친 기색이 전혀 없었다. 품에서 시계를 꺼내 보더니 늦었다며 제자리에서 펄쩍 뛰고는 부리나케 성으로 들어갔다.

하나도 흰토끼를 쫓아갔다. 직진, 우회전, 다시 좌회전했다가 또 좌회전했다가…… 길을 외울 새도 없이 하나는 무작정 달렸다. 실패 시 첫 번째 스테이지로 돌아간다는 무시무시한 조건을 떠올리며 전력 질주했으나 좀처럼 체력이 따라 주질 않았다.

"헉헉, 더는 못 달리겠어."

숨이 턱 밑까지 차올랐다. 잠깐 멈춘 사이 흰토끼는 모퉁이를 돌아 사라졌다.

어린 비둘기가 하나의 머리를 쪼아댔다.

"앗, 따가워! 내 머리는 쪼아 먹는 벌레가 아니라고!"

[벌레 아닌 거 누가 모르냐. 안 달려? 요즘 것들은 체력이 문제예요.]

허, 하나는 외마디를 뱉었다. 그러는 저는 요즘 것 아닌가? 태어난 지 만 하루도 안 지났으면서 요즘 것들 타령이라니, 완전 애늙은이다.

"넌 편하게 내 머리 위에 있었지만, 난 입구에서부터 달렸다고!"

[고작 그거 달렸다고 헉헉대냐?]

어린 비둘기가 혀를 차더니, 공중으로 날아올랐다. 그는 곧장 흰토끼가 사라진 모퉁이를 향해 날아갔다. 어린 비둘기가 지나간 곳에 빛 가루가 떨어졌다.

"야, 야! 너도 좀 천천히 가!"

하나의 외침에도 불구하고 어린 비둘기는 비행에 집중했다.

▶▶ '눈으로 얼어붙은 눈의 제국, 얼음 성' 한가운데에 도착했습니다.

어린 비둘기는 거대한 얼음 문 앞에서 날갯짓을 멈췄다. 내부를 볼 수 없을 정도로 얼음 문이 두꺼웠다.

"하늘색 원피스를 입은 앨리스 납시오!"

어디선가 나팔이 울렸고, 하나의 등장을 알리며 얼음 문이 천천히 움직였다. 환한 불빛 아래 어떤 여자가 화려하게 조각된 얼음 왕좌에 앉아 있고, 그 옆에 흰토끼가 나팔을 들고 서서 추운 듯 온몸을 바들바들 떨었다. 하얀 드레스를 입은 여자는 감히 눈의 결정체라고 말할 수 있을 정도로 피부와 머리카락이 하앴다. 얼음으로 조각된 홀을 손으로 잡고, 다이아몬드가 박힌 왕관을 머리에 쓰고 있었다. 굳이 왕관을 자세히 보지 않아도 성의 주인임을 알리듯 표정이 근엄했다.

▶▶ '눈의 여제'를 발견하였습니다. 인사를 올리시겠습니까?

하나는 알림창에서 '수락하기'를 선택했다.

"어서 눈의 여제님께 인사 올리지 못할까!"

흰토끼가 버럭 화를 냈다. 과연 원작처럼 소시민다운 행태였다.

"너는 누구냐?"

눈의 여제는 하나를 무심하게 쳐다보았다.

"저는 하나, 가 아니라 앨리스라고 합니다."

하나는 넋 놓고 있다가 하마터면 본명을 말할 뻔했다.

"얼어붙지 않은 생명체는 오랜만이구나."

그러고 보니 여제 주위에는 흰토끼뿐이었다. 시스템이 알려 준 것처럼 정말 모두가 잠들어 버린 걸까? 그 순간, 하나의 치마가 빨간색으로 변했다.

"너는 하트 여왕의 심복인가?"

빨간색 치마를 본 여제는 눈살을 찌푸렸다.

"그, 그럴 리가요."

하트 여왕을 본 적도 없는걸, 하나는 중얼거렸다.

▶▶ 하트 여왕의 첩보원으로 의심받고 있습니다.

'눈의 여제'의 재판이 곧 시작됩니다.

이 황당한 알림창은 뭐야? 하나가 항의하듯 알림창을 닫았다.

"혐법 제98조 제1항에 의거, 너는 국가보안법을 위반한 혐의로 기소되었다. 이에 재판을 진행하도록 하겠다."

하트 여왕의 심복으로 의심받는 것도 어이없는데 재판이라니, 이게 무슨 상황이지? 하나의 마음이 그러거나 말거나, 흰토끼는 서류를 넘기며 배심원석으로 걸어갔다.

"배심원은 모두 열두 명, 전원 참석했나?"

하나는 배심원석으로 눈을 돌렸다. 그곳에는 도마뱀, 토끼, 원숭이, 물고기 등 열두 마리의 동물 얼음 조각상이 있었다. 흰토끼는 배심원들의 대답을 들은 것처럼 고개를 한 번 끄덕였고, 그 모습을 본 하나는 눈살을 찌푸렸다.

"첫 번째 증인, 미친 모자 장수는 앞으로 나오시게."

흰토끼가 외치자 땅이 세차게 흔들렸다. 여제가 앉은 왕좌에서 얼마 떨어지지 않은 곳에 사람 한 명이 들어갈 수 있는 크기의 구멍이 생기더니, 얼음으로 조각된 미친 모자 장수가 그곳으로 올라왔다. 커다란 모자를 손에 들고 인사하는 모습이 마치 살아 있는 것처럼 생생했다.

"증인은 신성한 재판장에서 한 치의 거짓도 없이 진실만을 말할 것을 약속하는가?"

얼음 동상은 미동도 하지 않았다. 바위를 앞에 두고 선서하는 듯한 모습은 간첩으로 의심받는 억울한 상황을 잊을 정도로 하나가 보기에 우스꽝스러웠다.

"그대는 한때 하트 여왕의 통치 아래 있던 백성으로서 하트 여왕의 재위 기간에 앨리스를 본 적이 있는가?"

흰토끼의 유창한 질문 이후 성이 온통 고요했다. 하나는 이상한 나라에서 처음 듣는 논리적인 발언에 내심 놀랐다.

"그대의 증언은 큰 도움이 되었네. 배심원들은 조용히 경청하도록. 다음 두 번째 증인, 흰토끼는 앞으로 나오시게."

흰토끼는 얼음 조각상에 경고를 날렸다. 땅이 진동한 뒤 미친 모자 장수 동상이 사라졌다. 흰토끼는 목에 맨 리본을 다듬고 눈의 여제 앞에 섰다.

"하늘색 치마를 입은 앨리스를 보았나? 네, 보았습니다. 정확히 어디서 보았나? 토끼굴로 들어가기 전에 보았습니다. 그럼 빨간색 치마를 입은 앨리스를 보았나? 네, 보았습니다."

스스로 묻고 답하기를 반복하는 흰토끼의 모습이 마치 아수라 백작 같다고 생각하는 순간, 하나의 치마가 노란색으로 바뀌었다.

"누, 눈의 여제시여, 방금 피고인의 치마 색깔이 바뀌었습니다!"

하나도 제 치마의 색이 바뀌는 순간을 목격하곤 놀랐다. 여제도 놀란 눈치였다. 재판 내내 심드렁한 표정을 지으며 말을 아끼더니, 자세를 고쳐 앉았다.

"매우 수상한 자다. 하트 여왕의 심복일 가능성이 농후하구나. 계속하라."

"마지막 증인, 어린 비둘기는 앞으로 나오시게."

어린 비둘기는 귀찮은 듯 혀를 한 번 차더니, 포르르 날아가 어느새 흰토끼가 증인으로 서 있던 자리에 생겨난 단상에 착지했다. 증인 선서에 "구구"로 답한 어린 비둘기를 보며 하나는 도대체 어떻게 재판을 하겠다는 건지 의문이 들었다.

"노란색 치마를 입은 앨리스의 머리 위는 안락한가?"

별 중요치 않은 질문에 하나는 지루해졌다. 어린 비둘기의 지저귀는 소리를 제멋대로 해석하는 흰토끼와 여제가 억지스럽게 느껴졌다. 오랜만에 대답을 들은 흰토끼는 어느 심문 때보다도 더 길게 진행했다.

하나는 제 다리를 통통 두드렸다. 피고랍시고 의자도 없이 세워둔 데다 오래 걸은 탓에 배가 고팠다. 뭐 없나? 하나는 치마에 달린 호주머니에 손을 넣었다.

"어?"

하나는 초콜릿으로 "나를 먹어요"라고 적힌 쿠키를 물끄러미 보았다. 언제부터 주머니에 있었을까?

"그게 뭐가 중요해."

하나는 배고픔을 이기지 못하고 쿠키를 날름 입에 넣었다. 바삭한 쿠키가 부서지면서 속에 들어 있던 부드러운 초콜릿 잼이 터져 나왔다. 달콤함이 입안 가득 퍼졌다가 금세 사라졌다.

하품이 연속적으로 터져 나오는 것을 막을 새도 없이 증인 심문은 계속되었다. 쿠키가 더 없나 싶어 하나가 앞주머니를 뒤져 보다가 순간, 무언가 잘못됨을 직감했다. 미세하지만 몸이 아주 조금씩 커지는 것 같았다. 성장 촉진제를 먹은 것도 아니고…… 아니다, 어떤 제약 회사의 칼슘제를 먹어도 이렇게 단시간에 몸이 성장할 리 없었다.

하나는 어린 비둘기와 눈이 마주치자 머리가 새하얘졌다. 그러고 보니 비둘기알을 훔쳤을 때 레드우드만큼 커졌지. 이번엔 얼마나 자랄까? 레드우드만큼? 아니면 그보다 더? 하나는 증인 심문에 푹 빠진 흰토끼와 눈의 여제를 바라보았다. 그들이 눈치 채는 건 시간문제였다.

[저 헛소리 좀 중단시켜 봐.]

머릿속으로 어린 비둘기의 목소리가 들렸다. 흰토끼와 여제의 태도가 바뀌지 않는 것을 보아 어린 비둘기의 목소리는 하나만 들을 수 있는 것 같았다.

"이리 와."

하나의 부름에 어린 비둘기가 날아올라 정확히 하나의 머리 위에 앉았다.

"하트 여왕의 심복 중에 저런 재능을 가진 자가 있다니. 내 눈을 피해 몰래 살아 있을 법하다!"

눈의 여제는 제멋대로 결론짓더니 하나를 아래위로 훑어보았다.

"그대의 키가 재판받기 전보다 커진 듯하군. 어떻게 된 일이지?"

"어, 아마도 성장을 촉진하는 성분이 과하게 들어간 쿠키를 먹어서요?"

눈의 여제는 놀란 듯 자리에서 벌떡 일어나 소리쳤다.

"하트 여왕의 심복임이 틀림없다! 키를 마음대로 늘릴 수 있는 마법의 쿠키를 만들다니! 여봐라, 선고를 내리도록 하겠다. 하늘색 치마, 아니 빨간색 치마, 아니다! 노란색 치마를 입은 앨리스는 간첩이므로 사형을 선고하는 바이다."

"사, 사형이요?"

하나의 눈이 동그래졌다. 그 와중에도 치마 색이 빨간색으로 한 번 더 바뀌어 흰토끼가 판결문을 기록하는 데 애먹었고,

하나는 일분일초가 다르게 키가 커졌다. 이젠 천장에 머리가 닿아 목뼈가 뻐근할 지경이었고, 눈의 여제는 처음과 달리 경박스러운 자태로 왕좌에서 내려와 하나에게서 멀리 떨어졌다. 흰토끼는 일찌감치 성을 빠져나갔다. 계속해서 커지는 하나가 얼음 바닥에 주저앉았다.

"그만 좀 자라! 이거 어떻게 해야 멈추는 거야?"

어린 비둘기는 혼을 빼놓을 정도로 어지러이 날아다니며 빛 가루를 뿌려댔다. 하나는 어린 비둘기가 비행을 멈추도록 허공에 손을 허우적거렸고, 어린 비둘기는 재빠르게 하나의 손을 피해 날아다녔다. 정말이지 아수라장이 따로 없었다.

서하나, 급할 때일수록 돌아가랬어. 어떻게 수습할지 차분히 생각해 보자. 몸이 커지게 된 원인이 쿠키니까 쿠키를 먹으면 되려나? 하나는 다시 주머니를 뒤졌다. 손에 잡히는 것이 있었다.

"아, 버섯!"

먹다 남은 버섯 한 귀퉁이에 잇자국이 선명했다. 근데 어느 쪽을 먹어야 하지? 적당한 키로 줄이려면 얼마나 먹어야 하는 거야? 이런저런 고민을 할 때조차도 하나는 쑥쑥 자랐다.

에라, 모르겠다. 토끼 굴에서 떨어지고 난 뒤 너무 커진 앨리스는 훌쩍훌쩍 울었다지? 정말 울기 딱 적당했다.

얼이 빠진 눈의 여제는 하얗게 질린 채 얼음 문 근처에 서 있었고, 어린 비둘기는 넘치는 활기를 주체하지 못하고 연신 급하강 비행을 즐기며 빛 가루를 날렸다.

하나는 시간이 지날수록 커지는 속도가 더 빨라졌다. 거대한 물방울이 바닥으로 떨어졌다. 하나는 거의 작은 성과 맞먹을 정도로 커졌으므로, 그녀가 흘린 눈물의 양이 어마어마했다. 게다가 주위 온도까지 낮은 탓에 바닥에 닿은 눈물은 곧바로 얼어붙었다.

"오, 내 성! 오, 내 왕좌!"

눈의 여제가 도망치며 바닥에 떨어트린 홀은 하나의 왼발 부츠 옆에 얼어붙었다. 눈의 여제는 살얼음이 낀 제 머리카락을 털어냈지만, 의미 없는 행동이었다. 계속해서 하나의 눈물이 떨어져서 살얼음이 달라붙었기 때문이었다.

"정말 진절머리 나는군! 본국으로 돌아가야겠어."

머리가 잔뜩 헝클어진 눈의 여제는 빛과 함께 한순간에 사라졌다. 눈의 여제가 사라지자 얼음이 녹기 시작했다. 천장이 완전히 녹자 푸른 하늘이 하나를 반겼다.

하나는 울음을 멈추고 덜 녹은 성터를 길가의 돌멩이 넘듯이 비켜가며 성에서 탈출했다.

[남은 버섯을 먹어.]

하나는 호주머니에서 버섯 조각을 꺼냈다. 어린 비둘기의 조언대로 버섯을 몽땅 먹자 몸이 원래 크기로 돌아왔다.

성이 있던 자리에 얼음이 전부 녹아 버렸고, 하트 성이 모습을 드러냈다. 정원에도 붉은 장미가 다시 피어나기 시작했다. 하나의 눈물이 영양분이 되어 성 주위로 울창한 나무들이 자라났다.

"급성장시키는 쿠키 성분이 섞인 눈물의 효과를 톡톡히 보네."

나비가 코끝을 스쳤고, 간질간질한 봄 내음이 담긴 산들바람이 일었다.

"목을 쳐라!"

어디선가 하트 여왕의 단골 대사가 울리자 하나 주위로 빛이 강렬하게 퍼졌다. 하나를 감싼 따뜻한 빛이 지구 중력보다 더 무겁게 몸을 짓눌렀지만, 하나는 두렵지 않았다. 이 느낌을 이미 한 번 경험해 보았기 때문이다.

* * *

눈을 떴다. 익숙한 책상과 낯익은 책꽂이, 그리고 친근한 침대. 하나의 방이었다.

"벌써 아침이에요?"

"책 속에 있으면 시간이 흐르지 않을 줄 알았냐? 그럼 불로장생하려고 줄 선 사람이 널렸게?"

이미 아침이 밝았다는 건, 그럼 날밤을 새운 거야? 아까운 금요일 밤을 이렇게 보내다니! 그나마 위안이 되는 건 오늘이 토요일이라는 사실이었다.

"빙의된 캐릭터가 뭐였어요?"

이야기가 진행되는 동안 A를 한 번도 본 적 없다는 사실이 떠올랐다.

"……기알."

불로장생을 운운하던 것과 달리 소심한 태도였다.

"뭐라고요?"

"비둘기알!"

A가 두 눈을 질끈 감고 외쳤다. 둘 사이에 잠시 정적이 흐르더니 이내 하나가 끅끅대며 웃었다. 어찌나 웃었던지 눈물을 찔끔 흘렸다.

"어쩐지 어디서 많이 들었던 말투더라. 목소리가 다르던데,

아저씨 어린 시절의 목소리였나 봐요."

"어렸을 때 목소리가 곱긴 했어."

곱기는. 땍땍거려서 귀를 틀어막을 정도였는데.

"얼음 성을 하트 성으로 되돌렸으니까 줄거리도 원상 복구된 거죠?"

"어. 이게 되네."

A가 중얼거렸다.

"눈의 여제는 왜 왔대요?"

A는 체셔 고양이에게 들은 사건의 경위를 풀었다. 겨울 아이, 그러니까 카이와 단짝 친구 게르다*가 함께 집으로 돌아가자 심심해진 눈의 여왕이 이웃 나라인 이상한 나라의 하트 성을 탈환했고, 그것도 모자라 스스로 황제 자리에 올랐단다.

"심심해서 옆 나라를 침략해요? 그런 것치고 그녀를 떠받들어 줄 캐릭터는 흰토끼밖에 없던데요. 보통 심심하면 다른 사람들과 놀지 않나?"

"안 그래도 심심했던 때에 마침 우리가 성에 도착한 거야."

"설마, 심심해서 재판을 연 거예요?"

_____

* 안데르센의 동화 《눈의 여왕》의 주인공.

A가 어깨를 으쓱거렸다.

"너무 쓸쓸했나 보네요."

"누가?"

"눈의 여왕요. 심심해서 침공하고, 심심해서 재판 열고. 정작 대화 상대는 흰토끼뿐이고."

"감정이입하지 마. 어쨌든 줄거리를 틀어 버린 인물이야. 심심하면 자기 세상에서 놀잇거리를 찾아야지, 그게 뭐야."

"아저씨, 친구 없죠?"

하나가 이죽거렸다.

"너 금붕어야? 아저씨 아니라고, A라고 부르라고 몇 번을 말해? 그리고 나 친구 많거든. 내 직속 부하가 몇 명인데!"

"그건 동료고요."

"친구와 동료가 뭐가 달라?"

A가 퉁명스럽게 말했다.

"하나야."

그때 문밖에서 하나를 부르는 엄마의 목소리가 들렸다. 아침 먹을 시간이었다.

"아저씨 솔로죠? 다 티 나거든요. 됐고요, 저 밥 먹을 동안 가족들 모르게 빠져나갈 궁리나 하세요. 갔다 와서도 제 방에

계시면 그땐 경찰에 신고할 거예요."

하나는 제 할 말만 하고 방을 나갔다.

"솔로인 거 어떻게 알았지? 그렇게 티 나나?"

마침 스마트워치에서 알람이 울렸다.

"《이상한 나라의 앨리스》 줄거리 회수 완료. 최종 임무 완료."

A는 최종 임무 완료라는 단어를 물끄러미 쳐다보았다. 완료라는 단어 대신 실패라는 단어를 써야 할 것 같은 기분이 들었다. 임무를 무사히 마쳤으나, 만약 하나의 도움이 없었다면 불가능했을 거였다. 더군다나 임무 종료 전에 책에서 나왔다가 들어갔으니 명백한 실패였다.

"스토리텔러로 첫 임무를 맡았을 때가 떠오르는군."

A는 중얼거렸다. 불패의 신화를 쓴 그도 초임이었을 때 실수했던 경험은 있었다. 그는 가슴에 달린 안주머니에서 보랏빛이 감도는 수정 조각을 꺼내 만지작거렸다. 조금 전의 줄거리를 회수하면서 책 속에서 들고 온 물건이었다.

"이건 분명 X의 짓이야."

A는 자수정 조각을 주먹 안에서 꽉 쥐었다가 다시 안주머니에 넣었다. 스마트워치가 다시 한번 울렸다. 그새 임무가 내

려온 것이다.

"출발 좌표와 도착 좌표를 설정하세요."

좌표 설정을 마치자 시작 버튼이 떴다.

"《빨간 모자》를 선택하셨습니다. 시작하시겠습니까?"

A가 버튼을 누르는 동시에 하나의 방이 다시 거대한 빛에 휩싸였다. 광명이 사라지자 A는 흔적도 없이 사라졌다.

6화

리얼 생강차

하나는 교실에 앉아 연신 하품을 했다. 예기치 못한 일로 지난 주말을 반나절이나 날린 데다 잠도 푹 자지 못했다.

점심시간을 한 시간 남겨 둔 쉬는 시간, 담임 선생님이 하나를 교무실로 불렀다.

"하나야, 직업 체험 신청서 냈지?"

"네?"

하나가 되물었다.

"대한 스토리텔링협회 중앙지부에서 연락이 왔어. 직업 체험 승인 떨어졌다고. 자기소개서 보니까 스토리텔러가 꿈이라면서?"

"아, 네……."

내가 직업 체험 신청서를 낸 적이 있던가? 하나는 대답을 흐리며 생각에 잠겼다.

"잘됐구나. 어느 지부든 직업 체험 신청하는 학생들이 많아서 대부분 한 학기 이상은 기다려야 하거든."

"네, 정말 잘됐네요."

하나는 남의 일처럼 대답했다.

"오늘 오후부터 직업 체험으로 수업이 인정되니까, 짐 챙겨서 후문으로 가렴. 감사하게도 협회에서 직접 데리러 오신다는구나."

* * *

처음 보는 남자가 하얀색 경차에 기대어 서 있었다.

"안녕! 네가 하나구나. 나는 A와 입사 동기야. 말 놔도 되지?"

남자는 하나를 보자마자 반갑게 손을 흔들며 인사했다. 서글서글한 인상과 덥수룩한 머리카락에서 그의 수더분한 성격이 묻어났다.

"안녕하세요. 네, 그럼 저는 뭐라고 부르면 될까요?"

남자는 조수석 문을 열어 주었다.

"B라고 부르면 돼. 안전띠 매렴."

목소리마저 자상한 B는 A와 모든 면에서 비교되었다. 입사 동기라면서 이렇게 다를 수 있을까.

"B라고요?"

그러고 보니 A와 B다. 스토리텔링협회는 직원 이름을 알파벳으로 정하나? 그럼 A부터 Z까지 스물여섯 글자니까 직원도 스물여섯 명?

"동기지만 A를 존경하는 마음을 담아 B라고 활동명을 지었어. 뭔가 마이너스럽지?"

말을 마친 B의 눈꼬리가 반달 모양으로 휘었다. B가 시동을 켜자 덜덜거리는 소리와 함께 차가 진동했다. 잘 관리된 외관과 달리 연식이 오래된 듯 엔진 소리가 제법 심했다.

반갑게 인사한 것이 무색할 정도로 주행 중인 차 안은 조용했다. 어색한 분위기를 풀어 보고자 B가 라디오를 틀었는데, 치지직 하는 주파수 소리만 났다.

"이거 왜 이러지?"

B가 대시보드를 두드렸으나 잡음만 더 커질 뿐이었다. 결국 B는 멋쩍은 웃음을 흘리며 라디오를 껐다.

"근데, 어떻게 된 거예요? 전 직업 체험을 신청한 적이 없거든요."

"아, 별건 아니고 A가 살짝 전산 작업을 했어."

하나가 눈을 가느다랗게 떴다.

"그거 공권력 남용인 것 같은데요."

"하나 네가 좀 특이 체질이라던데. 대법칙 두 번째를 깨고, 세 번째도 깼다고 들었어. 그래서 협회에서 부른 거야. 능력을 인정받은 거지!"

그렇다고 얼렁뚱땅 전산을 조작해 직업 체험을 신청했다고? 하나는 따지려다가 말았다. 어차피 묻고 따져야 할 상대는 A다. 그리고 어떻게 자신이 대법칙을 깰 수 있었는지도 궁금했다. 오늘 협회에 가면 그 이유를 알 수 있을지도 모른다고 생각했다.

"아저씬 어딨어요?"

"아저씨? 아, A? A를 아저씨라고 불러? 와하하! 걔가 그걸 듣고 가만히 있어?"

설마요, 하나는 대답 대신 미소로 답했다.

"일이 있어서 내가 대신 왔어. A 말로는 내가 가는 게 더 좋을 거라고 하던데."

적어도 쓸데없는 싸움으로 체력 낭비는 하지 않잖아, 라고 말하는 것만 같았다. 하나도 어느 정도 동의하는 부분이었다. 이것저것을 묻는 사이에 관공서처럼 생긴 크고 넓은 건물 앞에 도착했다. 중앙지부가 들어선 지 십 년이 조금 넘었으니 연식으로 따지면 공공건물 중에서는 새 건축물에 속했다. 내부에 들어선 하나는 주위를 둘러보았다. 프런트도 있고, 엘리베이터도 있고, 나선형 계단도 있고……. 여느 공공 기관처럼 평범했다. 여기서 평범하지 않은 건 A뿐인 건가?

"우선 테스트부터 할까?"

감상을 채 마치기도 전에 B가 말했다.

"네? 무슨 테스트요?"

테스트라니. 대한민국의 고등학생으로 산다는 건 시험의 연속이구나, 하나가 한숨을 푹 내쉬었다.

* * *

"《빨간 모자》 줄거리 회수 완료. 입력된 좌표로 돌아가시겠습니까?"

손목에 찬 스마트워치에서 기계음이 울렸다. 길고 긴 업무를 마친 A는 종료 버튼을 눌렀다. 하얀빛이 그를 감쌌고, 눈 깜빡할 사이에 사무실로 도착했다. A는 손에 쥔 자수정 조각을 물끄러미 바라보았다. 오로라 빛이 감돌았다.

"미확인 메시지 11건. 확인하시겠습니까?"

스마트폰이 진동하면서 잠금 화면에 알림이 떴다.

"서하나 중앙지부에 도착."

"서하나 종합 테스트 완료."

"서하나 체력 테스트 완료……."

온통 서하나의 이야기였다. 발신인은 확인하지 않아도 B임이 분명했다. 오후에 센터로 데려와 달라고 부탁했던 것이 떠올랐다. A는 곧바로 체력 테스트실로 향했다.

일주일 전에 대한 스토리텔링협회 이사장 진상갑이 A를 따로 불러내어 업무를 지시했다.

"오늘 부른 건, 꼬인 줄거리 때문이에요. 신입들이 다쳐서 입원했다는 이야기를 들었을 겁니다. 아마도 배후는 X일 거고요."

악명 높은 명성을 익히 들었던 터라, X라는 말을 듣자마자 A는 눈살을 찌푸렸다.

"꼬인 줄거리를 회수해 주세요. 기존의 창작부 업무는 당분간 다른 스토리텔러들에게 넘기겠습니다. 부디 이번 임무에 최선을 다해 주세요."

워낙 일에 치여 사는 A로서 기존 업무를 줄여 주겠다니 거절할 명분이 없어서 받아들였고, 이후부터 오늘까지 벌써 두 개의 줄거리를 회수했다.

A는 마주 보는 사무실이 다닥다닥 줄을 선 좁은 복도를 지나 나선형으로 노출된 계단을 내려갔다. 모퉁이를 돌자 넓은 복도가 자리했고, '체력 테스트실'이라고 적힌 팻말이 사무실 귀퉁이에 달려 있었다. 테스트실은 통유리 벽면을 기준으로 제어실과 측정실로 나뉘었다. 제어실에서는 측정실 상황을 확인하면서 벽면에 설치된 복잡한 장비로 측정 항목을 디스플레이에 수치화했다. 측정실은 가상현실을 이용해 체력을 측정하는 공간으로, 유리 벽면을 제외한 사방이 푸른색 쿠션이었다. 체육복 차림을 한 하나가 HMD(head mounted display, 머리에 착용하는 디스플레이)를 벗어 던지고 측정실 바닥에 누워 숨을 몰아쉬고 있었다.

"하나야, 수고했어."

유리 벽면 너머 마이크로 B가 테스트 종료를 알리자마자 A가 측정실로 들어왔다.

"결과는?"

"어? 시간 맞춰 왔네. 방금 막 나왔어."

B가 체력 측정 결과를 전송한 태블릿을 A에게 건넸다. "서하나 님의 체력 측정 결과 안내"라는 제목 바로 밑에 "측정 등급 3"이 찍혀 있었다.

"보통 수준이야."

"3등급이 보통 수준이라고?"

"하나는 일반인이잖아. 게다가 고등학생이라고. 미달이 아니면 적당한 거야."

"일하려면 적어도 2등급은 나와야 하는 거 알잖아."

측정 등급은 1, 2, 3등급, 그리고 미달로 분류되는 참여 등급으로 나뉜다. 스토리텔러는 적어도 모든 테스트에서 2등급 이상이어야 하며, 달에 한 번씩 측정한 결과가 상부로 보고되었다. 몸의 감각을 사용하는 직업인만큼 항상 신경 쓰라는 상부의 엄격한 지시였다. 그만큼 철저한 자기 관리가 필수였다. 관리를 좀 한다는 일반인은 2등급 중에서도 상위 10퍼센트 안에 들었고, 보통의 경우엔 3등급 정도였다. 그러니 B의 반응은 억지가 아니었다.

"하나를 곧바로 실무에 투입하려고? 오, 최연소 스토리텔러네."

제 일인 것처럼 B가 기뻐했다.

"아니, 업무 협조. 우리 일이 그렇게 만만해? 쉬워?"

A의 핀잔에도 B는 여전히 싱글벙글했다.

"지능은 2등급이야."

"턱걸이네. 평범한데, 뭐 더 없어?"

"성격이 좋아."

B가 일 초의 고민도 없이 답했다.

"그런 쓸모없는 거 말고. 성격 좋아서 어디다 쓰냐?"

A가 투덜거렸다.

"음……, 아! 책을 많이 읽는대."

"읽어 봐야 얼마나 읽는다고."

"백 권 읽었대!"

"내 그럴 줄 알았다. 고작 백 권이 뭐가 많아?"

"아니, 못해도 일 년에 백 권은 읽는대. 최소라고 말했으니까 그것보다 더 읽겠지?"

"뭐?"

"제 테스트 결과, 어떻게 나왔어요?"

어느새 두 사람의 곁으로 다가와 바닥에 앉은 하나가 물었다.

"3등급이야! 정말 대단한걸!"

"겨우 3등급으로 누구 앞에 명함을 내밀어."

"너는 말을 해도……."

B가 A의 옆구리를 쿡 찔렀다.

"아까보다 더 떨어졌네."

하나는 A의 말에 개의치 않고 결과에 아쉬운 표정을 지었다.

"아저씨, 왔네요."

"아저씨 말고, A라고 부르랬지?"

하나가 내뱉은 말에 A가 얼굴을 잔뜩 찡그렸다.

"네, 네. A 아저씨."

하나는 대충 대답했다.

"자, 이제 테스트 끝났으니 하나는 샤워실로 가면 돼. 아까 여기 들어오기 전에 봤지?"

A의 표정이 더 험악해지기 전에 B가 서둘러 말했다. A는 복도로 나가 자판기에서 뽑은 음료수를 마시며 테스트 결과를 살폈다. 탭 화면을 왼쪽으로 넘기자 종합 테스트 결과가 나왔다. 종합 테스트는 체력 외에 스토리텔러로서 지녀야 할 능력을 종합적으로 측정하는 테스트다.

체력 보통, 아이큐 보통, 감수성 보통, 위기 대처 능력 보통, 문제 해결력 보통, 독해력 보통 이상, 문해력 보통 이상……. 뭐, 독해력과 문해력은 나쁘지 않네. A는 페이지를 넘겼다.

"이게 뭐야. 책 감응도 100퍼센트?"

책 감응도는 책 속에 빙의될 때 나타나는 거부 반응 정도를 나타내는 지표로, 높을수록 저항이 없다는 것을 의미했다. 일반인의 평균이 45퍼센트라면, 스토리텔러는 그보다 조금 더 높은 수치인 50퍼센트 정도였다. 감응도가 높은 스토리텔러도 기껏해야 65퍼센트를 조금 웃돌았다.

"100퍼센트라……."

A가 중얼거렸다.

"《빨간 모자》줄거리 회수했다며?"

기기 정리를 마친 B가 다가오며 물었다.

"빙의하자마자 빨간 모자가 칼부터 들이밀더라. 어느 부족이냐고."

"그 책이 원래 그렇게 스릴 넘치는 장르였나?"

A가 자판기 카드 투입구에 스마트워치를 대자 삑 기계음이 울렸고, 버튼이 붉은색으로 반짝거렸다.

"모계 부족사회로 변했더라고. 족장이 되려면 맨손으로 늑대를 잡을 수 있어야 한대."

"빙의된 캐릭터가 늑대였어?"

A가 시선을 B에게로 돌렸다.

"안 고르면 생강차로 한다?"

"아니, 매워서 싫어."

B는 얼른 보리차 버튼을 눌렀다.

"하여튼 꼭 저 같은 것만 마셔요."

"생강차보단 낫지."

B는 A가 든 음료수병을 가리켰다.

"이건 100퍼센트 진짜 생강이 들어간 건강식품이거든? 라벨도 환경을 생각해서 만든⋯⋯."

"어, 하나야. 왔어?"

"어디?"

A가 뒤돌았다. 아무도 없는 복도는 썰렁하기만 했다.

"하하, 잘 속는다니까. 도대체 무슨 부탁인데 보리차를 사줘?"

B가 음료수를 흔들어 보였다.

"별건 아니고."

A가 자수정 조각을 꺼냈다.

"이거 좀 알아봐 줘."

"이게 대체 뭐……."

B가 자수정 조각을 위로 들어 올리려 하자 A가 잽싸게 감
췄다.

"조용히 알아봐 줘."

"아, 오케이."

A를 따라 B도 속삭였다.

"왜 테스트를 봤는지 알 수 있을까요?"

옷을 갈아입고 돌아온 하나가 두 사람 곁으로 걸어오자 B
는 서둘러 자수정 조각을 바지 주머니에 숨겼다. 하나는 아무
일도 없었던 것처럼 미소 짓는 B에게 검사하느라 입었던 트레
이닝복을 내밀었다.

"머리는 왜 안 말렸어? 그러다 감기 걸려."

"감기는 무슨."

걱정스러운 투로 말하는 B와 달리 A는 툭툭거렸다.

"체력부터 길러야겠어. 그래서 무슨 스토리텔러를 한다
고."

"저도 할 마음 없거든요. 아저씨가 서류 조자만 안 했어도
오늘 저 여기에 없었어요."

"서류 조작이라니. 얘가 큰일 날 소릴 하네. 업무 협조 요청 몰라? 너, 지난번에 나 모른다고 한 것도 거짓말이지? 장래 희망에 스토리텔러라고 적어 놨더라. 대한민국 청소년 중에서 날 모르는 사람이 있다는 게 말이 돼?"

"그냥 눈에 보이는 단어 적은 거예요. 아저씨, 나르시시즘 진짜 심한 거 알아요? 왜 모든 청소년이 아저씨를 알아야 해요, 이렇게 별론데! 그리고 이게 어떻게 업무 협조 요청이에요? 노동력 착취지."

"여기서 직업 체험하는 게 얼마나 경쟁이 심한 줄 알아? 1년을 기다려도 못 하는 학생들이 태반이야! 그걸 내가, 이 A가 친히 지도 편달해 주겠다는데!"

"제 의사를 물어 본 적 있어요? 아저씨 일하는 데 필요하니까 부른 거잖아요. 그래 놓고 직업 체험? 보수도 없이 대충 때우려는 거 완전 티 나거든요. 이게 무보수 노동력 착취지."

하나가 말을 마치자 두 사람 모두 씩씩거렸고, B가 둘 사이를 떨어트렸다.

"일단 진정해. 하나야, 뭐 마실래? 탄산음료? 과일주스?"

B가 스마트워치를 자판기 카드 리더기에 가져다 댔다.

"전 꿀 들어간 도라지 생강차요."

B가 버튼을 누르려다 멈칫했다. 정말? 의문스러운 표정으로 하나를 쳐다보았다.

"없으면 리얼 생강차도 괜찮아요."

"둘 다 입맛이 독특해. 이게 뭐가 맛있지?"

"맛있다니까!"

"맛있어요!"

A와 하나가 동시에 대답하고는 서로를 마주 보았다.

"둘이 꽤 잘 맞는구나."

B가 하나에게 리얼 생강차 뚜껑을 따 건넸다.

"아니거든!"

"절대 아니에요!"

이번에도 거의 동시에 대답했다.

"아저씨도 리얼 생강차 드세요?"

"난 출시됐을 때부터 마셨어."

"취향은 괜찮은데, 왜 그 모양이지?"

"너!"

A가 한마디 하려고 하자 B가 뜯어말렸다. 그때 삐빅. 알람이 울렸다. A에게 줄거리 회수 업무가 떨어진 것이다. A는 스마트워치를 조작하더니 B에게 워치를 보라며 눈짓했다. B는

제 워치를 들여다보았다.

"와, 그새 새 업무 배당받은 거야? 역시 업계 1위는 다르구나. 어? 근데 왜 내 이름이 있지?"

당황한 B가 제 워치를 A에게 바짝 들이밀었다.

"쟤 데리고 갔다 오라고."

A가 생강차를 홀짝 들이켰다.

"내가?"

B가 눈을 끔벅거렸다.

"A, 너 지금 하나랑 싸워서 안 가겠다는 거야?"

"싸움 아니고 조언."

A는 괜히 발끈해 쏘아붙였다. B가 빤히 바라보자 A가 입을 열었다.

"나는 관련 자료 조사 좀 하려고. 사태가 생각보다 심각한 것 같아."

B가 고개를 끄덕였다. 수긍의 의미인 듯했지만, 어쩐지 B는 A를 더 놀리고 싶어졌다.

"네가 그렇다면 그런 걸로 하자."

* * *

사막 한가운데 몸을 웅크린 한 마리 여우는 고개를 들어 별과 은하수가 수놓인 하늘을 올려다보았다. 주변에 발광체가 없는 탓에 밤하늘이 더욱 뚜렷하게 보였다.

"미세 먼지 없는 밤하늘은 밝네."

여우에 빙의된 하나는 작은 탄성을 터뜨렸다. B는 누구에게 빙의됐을까? 하나는 문득 궁금해졌다.

"B, 어디예요?"

[소행성 B612에 있어. 어, 어린 왕자다! 근데 뭔가 좀 이상한데?]

앨리스에 빙의되었을 때처럼 머릿속에서 B의 목소리가 울렸다.

"왜요? 뭔데요?"

[어린 왕자는 없고 굉장히 풍채가 좋은 할아버지…… 가 아니잖아? 엥?]

"뭔데요?"

B는 자꾸 안달 나게 토막토막 말을 끊었다.

[어린 왕자가 원래 이렇게 체구가 컸었나?]

7화

로켓 배송

"네가 3시에 온다면 난 4시부터 기다려질, 음, 음! 거꾸로 말했네. 네가 4시에 온다면 난 3시부터 기다려질 거야. 휴, 어린 왕자가 와야 이 대사를 할 텐데."

소설 속에서 여우에 빙의된 지 벌써 한 달이 흘렀다. 틈틈이 《어린 왕자》 명대사를 연습하곤 했는데 매번 틀렸다. 실전에서 잘하면 돼, 하나는 속으로 되뇌었다.

"어린 왕자가 올 때가 된 것 같은데. 아, 근데 언제 오냐고!"

하나가 네발로 뜨거운 모래 위를 마구 달리자 알림창이 여기저기 떴다. 알림창이 뜨는 게 재미있어서 발길이 닿는 대로 다니다 보니 사막의 트랩을 밟는 것이 취미가 되었다. 이젠 하루에 한 번 이상 알림이 울리지 않으면 좀이 쑤실 지경이었다.

"B, 어떻게 되어 가고 있어요? 어린 왕자가 안 와요."

트랩 밟는 게 지루해질 즈음 하나는 B에게 물었다.

[그게 있지…… 아직 왕자가 출발하지 않았어.]

"네? 아직도 출발 전이라고요?"

하나는 높이 뛰어올라 힘차게 모래 트랩을 밟았다.

"어디까지 전개되었는데요?"

[아직 시작도 안 했어.]

"그럼 지금 뭐 하는 중인데요?"

[넷플릭스 보고 있어.]

"네?"

하나는 놀라 물었다.

[그게 말이야…….]

B의 긴 이야기가 이어졌다.

* * *

빙의가 되면 몸을 옥죄는 중력이 모조리 사라진다. 뒤틀린
시공간을 온몸으로 받아 내면서 쏟아지는 하얀빛을 의례적으

로 통과해야 하는데, B는 시감각을 정상적으로 작동시킨 후에 몸이 움직이지 않음을 느꼈다. 이거, 잘못 빙의된 건가?

'시감각'이라고 칭한 까닭은 심해어처럼 눈이 퇴화하거나 식물처럼 시감각이 없는 경우가 종종 있기 때문이다. 그럴 때마다 당황스럽긴 해도 시각이라고 불릴 만한 제6의 감각이 생겨 인간처럼 시각 정보를 인지할 수 있었다. 그가 신입 연수를 무사히 마치고 중앙지부로 배정받은 뒤 처음 연습한 작품은 《걸리버 여행기》였다. 연습용 VR이지만 생생하게 체험할 수 있다는 사실에 잔뜩 들떴었다. HMD를 착용하고 1초 후 눈을 떴을 땐 들떴던 마음을 정말 후회했다. 소국에 붙잡혀서 옴짝달싹 못하는 걸리버에 빙의된 것이었다. 눈을 뜨자마자 움직이지 못해 심리적으로 잔뜩 움츠러들었고, 병사들에게 공격당해 몸이 만신창이가 되었다. 인이어(in-ear)로 사수 목소리가 들리지 않았더라면 B는 얼이 빠진 채 계속 누워만 있었을 것이다.

이번에도 걸리버에 빙의된 걸까? 사자 굴에 들어가도 정신만 붙들면 된다고 했다. 그러니 상황 파악이 우선이었다. 사방을 둘러보니 주위가 까맸다. 소국에 잡혀 바닥에 묶인 거라면 등과 바닥이 맞닿아 있었을 것이다. 근데, 그건 아니다.

아랫배에 감도는 긴장감에 천천히, 아주 천천히 고개를 돌렸다. 아, 등이 서늘했다. 다리가…… 꼿꼿하고 가느다란 초록색 다리가 바닥 깊숙이 박혀 있었다.

"나, 장미?"

B는 옆에 있던 물뿌리개를 제 쪽으로 기울이며 진정하려고 무지 애썼다. 물뿌리개를 쥐는 이 생경한 감각은 손이 아니라 정녕 이파리였다.

"에휴, 걸리버가 아니라 장미네."

그렇다면 이곳은 어린 왕자가 사는 소행성 B612다.

"어린 왕자는 어딨지?"

아무리 둘러봐도 어린 왕자는 보이지 않았고, 빈백에 앉아서 빛나는 무언가를 집중해 들여다보는 풍채 좋은 할아버지만 있었다. 그가 뚫어져라 보고 있는 건 아마 TV일 것이다. 그는 무언가를 씹어 먹으며 낄낄거리는 소리에 맞춰 육중한 몸을 조금씩 움직였다. 필시 오래 앉아 있어서 엉덩이나 허리가 배긴 탓이리라. 옷걸이에 걸린 초록색 외투와 이따금 고개를 갸웃거릴 때마다 움직이는 구불구불한 노란색 머리카락. 그의 얼굴이 어디선가 본 적 있는 듯 익숙했다.

드라마 한 편이 끝나자 할아버지가 장미를 향해 뒤돌았다.

그 반동으로 팝콘이 와르르 쏟아졌다.

"응? 뭐라고 했어?"

이럴 수가! B를 향해 뒤를 돈 풍채 좋은 황금색 곱슬머리의 할아버지는 바로 어린 왕자였다.

"뭐해?"

B가 놀란 마음을 가라앉히고 어린 왕자에게 물었다.

"지금? 넷플릭스 보잖아."

"넷플릭스?"

B는 깜짝 놀랐다. 소행성에도 넷플릭스가 있던가?

"OTT 플랫폼. 드라마나 영화를 볼 수 있는 서비스."

어린 왕자는 넷플릭스의 개념을 친절하게 설명했다.

"아니, 왜?"

B가 흥분하여 언성을 높였다.

"난 우울하거나 기분이 좋지 않을 때 넷플릭스를 봐. 그럼 기분이 다시 좋아지거든."

"노을을 봐야지!"

"예전엔 그랬지. 보고 싶을 때마다 볼 순 없어도 여긴 작은 행성이니까 하루에 여러 번 노을을 볼 수 있긴 해. 하지만 넷 플릭스는 그런 제약조차 없이 보고 싶을 때 마음껏 볼 수 있어. 그리고 넷플릭스를 볼 땐 팝콘이 필수지."

어린 왕자는 팝콘이 반쯤 찬 유리 볼을 들어 보였다. 기름 때가 잔뜩 껴서 투명 볼이 하얀색이라고 착각할 지경이었다.

"많이 먹으면 안 좋아. 과유불급이라고 하잖아. 과하면 적은 것보다 못하지."

B는 아차 싶었다. 어린 왕자에게 사자성어라니, 언어도단이었다. 적어도 동양인이 아닌 그에게 과유불급이란 단어는 생소할 것임이 분명했다.

"나는 다다익선이 좋은데? 많으면 많을수록 좋잖아, 저 팝콘처럼."

"사자성어를 알아?"

B가 놀라기 무섭게 어린 왕자가 활화산을 가리켰다. 분화구 위에 놓인 잘 달궈진 프라이팬에서 연신 펑펑 터지며 팝콘이 튀겨지는 소리가 났다.

"저 상자들은 다 뭐야?"

분화구에서 조금 떨어진 곳에 상자가 잔뜩 쌓여 있었다. 상자마다 버터 솔트 팝콘, 캐러멜 팝콘, 버터 캐러멜 팝콘, 버터 갈릭 팝콘 등 다양한 맛이 적혀 있었다.

"팝콘만 먹다간 단명해."

상자 더미에 심각성을 느낀 B가 평소와 다르게 강하게 밀어붙였다.

"너도 팝콘의 고소한 버터 향과 바삭한 식감을 느낄 수 있다면 나처럼 먹을걸? 목마르지? 언제든 물을 마실 수 있도록 옆에 물뿌리개를 뒀어. 오랜만에 내가 줄게."

뒤뚱거리는 그의 걸음걸이가 오뚝이처럼 넘어질 듯 말 듯 아슬아슬했다. 어찌나 쿵쿵대는지 행성 전체가 풍랑을 만난 배처럼 위아래로 꿀렁거렸다. 뿌리서부터 온몸이 진동했다.

"좀 살살 걸어 주겠니? 내 연약한 꽃잎이 몽땅 떨어질 것 같아."

장미를 연기하는 척 진심을 털어놓았다. 조금이라도 더 크게 발을 굴렀다간 잎사귀마저 떨어질 것 같았다.

"많이 마셔."

"잠깐, 으브븝!"

물은 또 어찌나 거칠게 붓는지, B는 깊은 물에 빠진 것만 같았다.

딩동. 켜둔 TV 화면에서 새로운 회차가 업데이트됐음을 알렸다.

"다음 화다! 이제 목 안 마르지?"

어린 왕자는 다시 빈백에 앉아 리모컨을 들었다. 화면에 곧바로 대문자 N이 커다랗게 떴다가 사라졌다. 몇 장면이 지났을까, 어린 왕자는 쿵쾅거리며 일어나 프라이팬에 담겨 있던 팝콘을 하얀 기름때가 낀 볼에 덜어 냈다. 그리고 갈릭 버터라고 써진 상자에서 옥수수 두 봉지를 꺼내 프라이팬에 와르르 쏟았다.

"로켓 배송이 돼서 참 다행이야. 이 광활한 우주 어디에 있든, 이곳 행성에서도 팝콘 같은 맛있는 음식을 맛볼 수 있잖아."

어린 왕자가 말을 맺기 무섭게 소형 로켓이 날아와 분화구 근처에 상자를 내려놓고 왔던 길을 되돌아갔다. 어린 왕자는 상자를 향해 뒤뚱뒤뚱 달려갔다.

"우와, 진짜 로켓이 배송하는구나……."

B는 혀를 내둘렀다.

상자 겉면을 확인한 어린 왕자는 오와 열을 맞춰 종류별로 상자를 정리했다. 어린 왕자가 콧노래를 부르며 쿵쾅쿵쾅 스텝을 밟자 땅이 울렸다. 이런 게 바로 행성 소음이 아닐까라는 생각이 들 정도로 장미가 된 B는 정신이 어질했다.

정리를 마친 어린 왕자는 빈백에 털썩 앉아 손이 마치 포

클레인이라도 된 것처럼 팝콘이 여기저기 막 튀는데도 개의치 않고 퍼먹었다. 그 탓에 행성 곳곳이 팝콘 투성이였다. 어떤 팝콘에는 하얀 털처럼 곰팡이가 피어 있었다. 왕자는 넷플릭스를 보느라 정리는 안중에 없었다.

B에게 팝콘 따위는 문제가 아니었다. 어린 왕자가 자꾸만 쿵쾅대는 탓에 멀미가 날 지경이었다. 살면서 뱃멀미, 차멀미도 없던 그였지만 온몸이 진동하는 건 막을 수 없었다. B는 집에서 키우는 식물들을 감히 인테리어 따위의 명목으로 함부로 옮기지 않으리라 다짐했다.

B는 비스듬히 누운 어린 왕자의 뒤통수를 바라보았다. 필시 눈이 풀렸으리라. 종일 넷플릭스를 시청한다면 뇌는 스스로 생각하기를 멈추고 더 강한 자극을 원하게 된다. 적당한 휴식은 뇌를 활성화하지만, 오락을 위한 휴식은 결국 오락이 그의 모든 것을 지배하게 된다. 말 그대로 과유불급이다.

B가 장미로 눈 뜬 후로 노을이 벌써 여러 번 졌다(어린 왕자는 하루에도 석양을 마흔네 번이나 본 적이 있었기에 가능한 일이었다). 수없이 지는 저 노을은 지구에서 보았던 평범하고도 평범한 노을과 비슷했다. 하지만 B는 알 것도 같았다. 왜 어린 왕자가 기분이 좋지 않을 때 위로와 위안을 받으려고 노을을 보았

는지 말이다.

붉게 지는 해가 마지막 일격을 가하는 듯 강렬한 빛을 뿜어내어 왠지 모를 감동과 눈물을 선사했다. 노을이 사라지는 순간 태양은 죽는다. 일격을 가했으니 장렬히 전사하는 거다. 하지만 그 강렬했던 생명력은 마음 깊숙하게 새겨져 씁쓸했던 마음에 새 활기가 새싹처럼 꿈틀댔다.

노을이 지는 동안 B는 절망적인 마음이 가라앉고 다시 생기가 차오르는 것을 느꼈다. 이따위 이유로 우울해하고 있을 때가 아니었다. 그런 마음을 아는지 모르는지, 어린 왕자는 여전히 넷플릭스를 보며 몸을 들썩였다. 노을 대신 넷플릭스를 본다고 했으니 어린 왕자는 우울한 것이리라. 이야기를 전개하기 전에 어린 왕자가 겪고 있는 불편함을 없애 줘야 한다. 그러면 이야기도 자연스레 진행될 것이다. B는 이제부터 무엇을 해야 할지 고민에 잠겼다.

[B, 어떻게 되어 가고 있어요? 어린 왕자가 안 와요.]

때마침 하나의 목소리가 들려왔다. B는 더 이상 미룰 수 없다고 생각하고, 마침내 상황 정리에 나섰다.

* * *

여우에 빙의하기 전, 하나는 사막엔 그저 모래만 있는 줄 알았는데 사막 여기저기를 누비면서 꼭 그렇지만은 않다는 걸 알게 되었다. 운이 좋은 날엔 오아시스를 발견하곤 했다. 물론 새로운 무언가를 발견하면 어김없이 알림창이 떴다. 《이상한 나라의 앨리스》의 줄거리를 회수할 때도 그랬는데, 이 알림창이 뭔지 점점 더 궁금해졌다. 회수 이후에 B에게 물어 보리라 머릿속에 메모해 두었다. 우선은 눈앞에 펼쳐진 일부터 처리하는 게 급선무였다.

> ▶▶ 뱀의 무리를 발견했습니다.
>
> 뱀이 당신을 포식자로 인식하고 단체로 덤빕니다.
>
> 〈퀘스트〉 '보아 뱀'을 길들이세요.
>
> 〈보상〉 '보아 뱀'의 진화를 도울 수 있습니다.
>
> 〈실패〉 뱀독에 노출됩니다. 노출 시 하루 동안 움직일 수 없습니다.

"무슨 퀘스트가 이래? 길들여지는 쪽은 나여야 한다고!"
하나가 소리치자 뱀들이 혀를 날름거렸다.
"으아악, 뱀 싫어! 안 할래! 나 안 해! 몰라!"
하나는 단숨에 가파른 절벽으로 뛰어올라가 몸을 웅크리

고 눈을 가렸다. 슬쩍 아래를 내려다보니 바위 밑에 뱀이 득실거렸다.

▶▶ 퀘스트 거부 시 '독전갈'을 길들여야 합니다. 퀘스트를 바꾸시겠습니까?

무시무시한 알림이 떴다.

"독전갈은 더 싫어!"

하나는 울며 겨자 먹기로 뱀 길들이기 퀘스트를 수락했다. 하나의 온몸이 긴장감으로 뻣뻣해졌다. 그 순간 발을 헛디뎠고, 자갈이 아래로 떨어졌다. 쉬쉬 쉭, 뱀의 위협적인 소리가 더욱 커졌다.

"진짜 싫어!"

8화
진화하는 보아 뱀

하나는 머리에 앞발을 올리고 납작 엎드려 덜덜 떨었다. 낙하한 자갈로 인해 흥분한 뱀들이 혓바닥의 마찰 빈도수를 높였다. 만약 데시벨을 확인할 수 있다면 필시 그 숫자가 더 커졌으리라.

[하나야, 뭐해?]

"뱀한테 잡아먹히기 일보 직전이에요!"

[진정하고 무슨 상황인지 차근차근 설명해 봐.]

하나는 뱀 무리 때문에 바위 위에서 꼼짝 못하는 중이라고 설명하면서 고개를 겨우 들었다.

[상상해 봐. 어떤 것이든 길들이려면 다가가야 해. 무섭다고만 하면 길들이기는커녕 아무것도 할 수 없어. 길들이기의

첫 번째는 두려움을 떨쳐 버리는 거야.]

B의 말에 하나는 오들오들 떨면서 아래를 빼꼼 내려다보았다. 여전히 뱀들이 혀를 날름거렸다.

"이상한 소리를 내요!"

[그들도 낯선 너를 경계하는 거야. 색안경 끼면 서로 경계심만 높아질 거야.]

"아, 알았어요."

무섭지 않다, 무섭지 않다. 마음속으로 무한히 외치며 눈에 힘을 주어 뱀들을 보았다. 뱀들도 서서히 흥분을 가라앉히고 소리를 줄였다.

[잘했어. 두 번째는 눈 맞추기야.]

하나가 적당한 돌을 집어 들어 곧 던질 태세를 갖췄다. 이미 몸과 마음은 프로야구 투수였다.

"돌로 맞히면 되나요?"

[워워, 진정해. 돌은 내려 두는 편이 좋겠어. 눈은 마음의 창이라서 상대와 친해지려면 자주 눈 맞춤을 하는 것이 좋아. 서로의 눈을 바라보는 건 상호작용의 기본적인 단계이자 가장 큰 신호야. 이건 미국에서 했던 실험인데, 설문 조사를 가장해서 A그룹은 상대와 눈을 맞추며 설문에 응해 줄 것을 부탁했

고, B그룹은 설문지에 시선을 두고 설문을 부탁했어. 그 결과 A그룹은 80퍼센트 이상이 설문 조사에 응했고, B그룹은 10퍼센트만 설문에 응했대.]

"그렇게나 크게 차이 나요?"

[그럼. 시선의 힘은 대단한걸.]

하나는 웅크린 몸을 일으켰다. 눈을 가리던 앞발을 치우고 아래를 제대로 내려다보았다. 여전히 온몸의 털이 바짝 섰다. 제 비늘을 자랑하는 뱀 무리가 득실거렸지만, B의 격려 덕분에 아까보단 덜 무서웠다. 이대로 그들을 바라본다면 졸도할 것이 분명했으므로 한 마리만 쳐다보기로 했다.

그때 알림창이 떴다.

▶▶ 뱀 무리의 우두머리 '보아 뱀'과 눈이 마주쳤습니다. 눈 맞춤 스킬이 개방됩니다. 눈 맞춤 친밀도 10퍼센트.

눈 마주친 걸로 10퍼센트나 늘었다. 그럼 아홉 번 더 마주치면 되는 건가?

하나가 몇 차례 실험한 결과 눈 맞춤으로 친밀도가 상승하는 건 23퍼센트가 최대였다. 눈을 마주칠수록 증가 폭이 줄더니, 눈 맞춤 친밀도가 최대에 도달했다는 알림이 떴다.

▶▶ '보아 뱀' 관찰 100퍼센트를 달성했습니다. 새로운 스킬이 개방됩니다. 개방하시겠습니까?

수락을 선택한 하나는 뭐가 나올지 조금 무서워졌다.

▶▶ '관찰력' 스킬이 개방됩니다. 상대를 관찰한 것을 토대로 새로운 사실을 알아낼 수 있습니다.

일단 주시, 아니 관찰을 쭉 해야 하나? 하나가 고개를 갸우뚱거렸다.

▶▶ '보아 뱀'이 대화하길 원합니다. 대화에 참여하시겠습니까?

엥? 대화를? 왜? 수락하기를 탭하고 난 뒤 하나는 약간 긴장되었다.

"왜 높은 곳에 있어? 쉭쉭."

너라면 공격적인 동물이 공격적인 상태로 있는데 도망가지 않겠니? 하나는 속마음을 말하지 못하고 머뭇거렸다.

"노, 높은 곳을 좋아해! 공기도 맑고, 경치도 좋고, 그리고, 그리고……."

▶▶ '보아 뱀'이 당신을 의심하고 있습니다.

아, 이러면 안 되는데. 겨우 올린 친밀도를 떨어트릴 순 없었다.

"경치가 좋은 건 사실이야."

"그럼 그 전에 말한 건 거짓이니?"

"아, 아니, 그게……."

어떡하지?

"나도 그 경치가 궁금해. 쉬쉬 쉭."

정말 궁금한 건가? 아님, 날 먹이 삼으려고 그러나…….

[하나야.]

B가 말했다.

[상대를 믿어 주는 건 친해지려는 상대에 대한 존중 아닐까?]

"저는 지금 친해지려는 게 아니라 길들이려는 거예요."

[같은 말인 것 같은데? 친해지려면 길들여야 하고, 길들이려면 친해져야 하잖아. 어떤 관계든 믿음이 있어야 해. 그렇지 않으면 앞으로 나아갈 수 없어. 서툰 믿음만큼 관계를 해치는 것도 없으니까.]

"알겠어요."

머릿속에 연결된 무언가가 툭 끊기는 느낌이 들었다. 아마도 B와 연락이 끊어진 것이리라. B가 연락을 끊은 것은 하나를 믿기 때문이었다. 마찬가지로 하나도 뱀을 믿어 보기로 했다. 상대가 악의를 품은 것이 아니라면 배신하지 않을 것이다.

"이리로 올라와서 볼래?"

보아 뱀이 머리를 끄덕였다. 하나는 단번에 풀쩍 뛰어내려 보아 뱀 앞에 착지했다. 보아 뱀을 제외한 나머지 뱀들이 뒤로 물러났다. 하나는 보아 뱀이 등에 탈 수 있도록 엎드렸다. 보아 뱀이 기어오르는 느낌은 말로 설명하기 어려울 정도로 이상했다. 시원한데 묵직한 힘이 등을 감쌌다. 여우가 된 하나는 다시 암벽에 가까운 바위를 등반했다.

"끝없는 모래네."

"아하하, 그렇지."

사막에 달리 뭐가 있을까. 여기선 오아시스가 보이지 않았다. 바위나 언덕도 없었다.

하나는 뱀이 마음을 바꿔 저를 물까 싶어 노심초사했다. 바닥을 기어도 어차피 모래뿐인데 높은 곳을 올라 봤자 똑같은 풍경이라고, 자신을 속였다고 할까 봐 내심 겁이 났다.

"난 이렇게 넓은 모래를 한눈에 본 건 처음이야. 쉬쉬."

뱀이 드넓은 모래에 시선을 고정한 채 말했다.

"아름다워."

이따금 바람이 일어 모래가 이동하고 강렬한 햇빛이 머리 위에 내리쬘 뿐이었지만 분명 풍경에 미세한 차이가 있었다. 화려한 야경과 반짝이는 모습과는 전혀 다르나 사막은 분명 살아 있었다.

"좀 덥네."

"털 때문에 더 덥겠다. 쉭."

"비늘 때문에 햇살이 직방이겠어."

▶▶ 친밀도 56퍼센트입니다.

짧은 대화가 몇 번 왔다 갔다 하며 거리낌이 없어졌다. 둘은 그저 태양 아래 고도가 조금 높은 곳에서 고운 모래를 바라볼 뿐이었다.

▶▶ 친밀도 69퍼센트입니다.

하나는 알림음을 껐다. 어느 순간부터 친밀도는 상관없어
졌다. 휴양지에 온 것처럼 서로에게 적응할 시간을 느긋하게
즐겼다.

▶▶ 친밀도 71퍼센트입니다.

"궁금한 게 있어."

"뭔데?"

"친구들은 왜 데리고 온 거야?"

"곧 헤어질 거거든. 그 전에 좋은 추억이라도 남기려고. 쉬
쉬 쉭."

"헤어져?"

"더는 함께할 수 없게 되었어. 다음을 준비해야 하거든."

뱀이 하늘을 바라보며 말했다.

"그래서 오늘 본 노을은 좀 특별한 것 같아. 하늘을 올려다

137

본 지 오래되었어. 쉬쉬."

"열심히 살았나 보다."

"우린 땅을 기잖아. 땅에 몸을 붙여 사느라 하늘을 올려다 볼 생각을 하지 않았어. 쉭."

하나는 생각에 잠겼다. 마지막으로 하늘을 보았던 게 언제였더라? 공부한다는 핑계로, 책 읽는다는 핑계로, 혹은 길을 걷는다는 핑계로 하늘을 올려다보지 않았다.

▶▶ 친밀도 90퍼센트입니다. '보아 뱀'이 당신을 친구로 여깁니다.

"넌 떠나기 전에 만난 마지막 친구야. 쉬쉬 쉭."

보아 뱀이 입을 벌려 동그란 무언가를 뱉어 냈다.

"선물이야."

검은색 방울이었다. 하나가 방울을 귀에 대고 흔들자 딸랑, 맑게 울렸다.

▶▶ '뱀의 방울'입니다. 이것을 흔들면 어디에 있든 방울의 주인이 나타납니다.

곧 떠날 거면서. 이걸 쥐 봤자 흔들어도 보아 뱀은 오지 못할 텐데. 하나는 조금 슬퍼졌다.

"나는 줄 게 없는데."

"홀가분하게 다 두고 떠나는 편이 나아. 그리고 넌 이미 나에게 근사한 풍경을 보여 줬잖아. 그것만으로도 충분해. 잊지 못할 거야. 쉭."

▶▶ 친밀도 95퍼센트입니다. 진화를 준비합니다.

보아 뱀의 몸이 빛을 내뿜기 시작했다. 캐릭터가 죽으면 몸에서 빛이 나나? 마치 고도로 농축된 에너지를 한순간에 분출하는 초신성 폭발 같았다.

"아, 시작되었구나. 내 마지막 모습을 함께해 줄래? 쉭쉭."

▶▶ 친밀도 99퍼센트입니다.

딸랑. 바위 아래서 뱀들이 박자를 맞춰 꼬리를 양옆으로 흔들었다. 마치 방울을 흔드는 것 같았다. 친구의 마지막을 추모하는 것이었을까? 하나도 보아 뱀을 위해 무언가 해 주고 싶어졌다.

"히, 힘내."

친구의 마지막에 해 주는 말이 고작 '힘내'라니. 하나는 자신이 부끄러워져 어딘가로 숨고 싶었다.

"고마워. 힘낼게. 쉬쉬 쉭."

보아 뱀은 하나의 진심을 느꼈다. '힘내' 그 한마디에 담긴 단순하고도 간단한 순도 100퍼센트의 격려를 말이다.

▶▶ 친밀도 100퍼센트. 퀘스트를 성공했습니다. '보아 뱀'이 진화합니다.

알림창을 쳐다볼 수 없을 정도로 밝게 빛났다. 하나가 천천히 눈을 떴다. 눈앞에는 믿을 수 없는 광경이 펼쳐졌다.

"용?"

▶▶ 진화에 성공했습니다. '보아 뱀'이 진화하여 '보아 용'이 되었습니다.

커다란 바위의 다섯 배쯤 되는 거대한 흑룡이 하늘을 날고 있었다.

"힘내라는 응원 덕분에 두려워하지 않고 진화할 수 있었어.”

용이 되더니 그에 걸맞게 목소리도 쩌렁쩌렁해졌다.

“난 이제 무리를 떠나 홀로 살아가야 해. 그 전에 네 소원을 한 가지 들어줄게.”

▸▸ '보아 용'이 당신을 돕길 원합니다.

하나는 《은혜 갚는 뱀》이라는 제목의 책에 잘못 들어온 게 아닐까 하는 착각에 빠졌다. 아무리 줄거리가 엉켰다지만 뱀이 용이 되다니. 그래도 소원을 빌라면 빌 수 있다. 준비된 자만이 기회를 얻는 것처럼 소원도 언제나 준비해야 하는 법.

“한 가지 바람이 있어. 나를 행성에 데려다줘”

“어느 행성?”

“소행성 B612. 행성의 주인은 어린 왕자야.”

기다려라, 어린 왕자여. 넌 철새를 탔지만 난 용을 타고 갈 거다. 가서 네 우울감인지 뭔지를 단단히 고쳐 주겠어. 하나는 용의 뿔을 꽉 잡았다.

9화

길들인다는 것

▶▶ 이곳은 '소행성 B612'입니다.

〈퀘스트〉 우울한 '어린 왕자'를 빈백에서 일어나게 하세요.

〈조건〉 노을이 질 때까지.

〈보상〉 '어린 왕자'의 체지방이 5 감소합니다.

〈실패〉 '어린 왕자'의 체지방이 5 증가합니다.

조금 전에 어린 왕자가 사는 행성에 도착한 하나는 보아 용을 배웅했다. 보아 용은 필요하면 언제든지 방울을 흔들라고 신신당부했다. 그리고 심지어 방울과 똑같이 생긴 입욕제를 이별 선물로 주었다. 음, 이곳에서 쓸 일이 있을까? 하나는 의문이 들었다. 날렵하고도 민첩한 보아 용은 눈 깜짝할 사이에 사라졌다. 비록 헤어졌지만 하나는 제 편이 생긴 것 같아 든든했다.

여우 모습의 하나는 얼마 가지 않아 장미와 거대해진 어린 왕자를 발견했다. 어린 왕자는 TV에 푹 빠져 외부인의 기척을 알아채지 못했다.

"저 왔어요."

"하나야, 오랜만이야. 보자마자 이런 말 해서 미안하지만, 물 좀 주겠니? 저 녀석이 드라마에 빠져선 어제부터 잠도 안 자고 저러고 있어. 화산 청소하는 것도, 바오밥 나무를 없애는 것도 잊은 것 같아."

"물 주는 것도요."

하나는 B가 뿌리를 내린 흙 주위에 물을 뿌렸다. 이제 살 것 같다며 B의 목소리가 한 톤 높아졌다. 하나의 시선이 어린 왕자를 향했다.

"정말 거대하네요."

"처음 봤을 때보다 더 쪘어."

"저렇게 있다간 건강에도 위험할 거예요."

"지금도 충분히 위험한 상태야. 언제 쓰러져도 이상하지 않을 정도니까."

"이제 어떻게 하죠?"

"이렇게 하는 건 어때?"

B가 하나에게 소곤댔다.

* * *

자세 한 번 바꾸지 않던 어린 왕자가 하얀 기름으로 얼룩진 볼에 손을 넣고 더듬거렸다. 곧 아무것도 잡히지 않자 힘겹게 몸을 일으켰다. 하나는 그에게 팝콘이 담긴 깨끗한 유리그릇을 불쑥 내밀었다.

"넌 누구야?"

"나는 강아지. 너는?"

하나는 최대한 귀를 내려 접으며 말했다. 나중에 만나게 될 인물을 미리 만나게 할 수는 없었으니 제 나름 변장한 것이었다. 부디 어린 왕자가 알아채지 않길 바라며.

"난 어린 왕자라고 해. 여긴 어떻게 왔어?"

용을 타고 왔다고 말할 순 없었다. 동양에서는 용을 신격화했지만, 서양에서는 부정하게 여겼기 때문이다. 순수한 어린 왕자라고 그러지 말란 법은 없었다.

"철새 무리에 섞여 왔지."

"그렇다면 꽤 멀리서 왔겠구나."

어린 왕자는 하나가 내민 팝콘을 먹었다.

"음, 이게 아니야."

"뭐가?"

"조금 전에 버터 솔트 팝콘을 먹었으니까 지금은 달콤한 캐러멜 팝콘을 먹을 차례야."

하나는 가자미눈을 해서 째려보았다.

퍽퍽. 마침 주방에서 옥수수가 튀어 올랐다.

"오, 이런! 옥수수를 불 위에 올려 두고 왔니? 무슨 맛이야?"

"버터 갈릭맛."

"하필이면! 버터 캐러멜도 괜찮은데."

어린 왕자는 허둥지둥 분화구를 향해 달려갔다. 단단히 열받은 옥수수는 제 몸을 던져 로켓처럼 여기저기 날아다녔고, 주방은 삽시간에 아수라장이 되었다.

"내 팝콘!"

어린 왕자는 그 어느 때보다도 날렵하게 움직였다. 로켓 배송을 시킨 후로 단 한 번도 행성을 관리한 적이 없던 그가 분

주히 몸을 놀렸다. 그는 서둘러 프라이팬을 행성 바닥에 내려두고 식혔다. 그 와중에도 옥수수는 끊임없이 터졌으나 하나가 뚜껑을 숨겨둔 탓에 그만 터질 때까지 기다려야 했다. 잠잠해진 틈을 타 어린 왕자는 바닥에 떨어진 팝콘을 쓸어 분화구에 던졌다. 탁탁 손을 터는 그에게 하나는 솔이 달린 기다란 청소 용구를 내밀었다.

"하는 김에 화산도 좀 청소해. 터질라."

"음, 가끔은 청소할 필요가 있지."

어린 왕자가 무거운 몸을 이끌고 분화구를 닦았다. 오랫동안 청소를 미룬 탓에 재가 끊임없이 나왔다. 어린 왕자가 연신 기침을 해대자 하나가 흰 천을 내밀었다.

"코와 입을 가리면 좀 편하게 치울 수 있을 거야."

분화구 청소를 마친 어린 왕자는 하나에게 청소 도구를 주자마자 지쳐 자리에 주저앉았다.

"여기, 물 좀 마셔."

"고마워."

"이왕 하는 거 바오밥 나무도 제거하는 건 어때? 싹이 튼 것 같던데"

"뭐? 안 되는데! 뿌리를 깊게 내리면 제거하기 어렵단 말이야!"

어린 왕자는 벌떡 일어나 모종삽과 장갑을 들고 행성 곳곳을 살폈다.

"정말 많이 자랐네. 관리 안 한 사이에 많이 자랐어."

어린 왕자가 중얼거렸다. 그의 얼굴에서 검은 땀이 주르륵 흘러내렸다. 그는 손등으로 땀을 훔치면서도 일을 쉬지 않았다. 하나는 그의 목에 수건을 둘러 주었다.

"닦으면서 해. 눈에 들어가면 따가워."

"고마워."

"같이 할까?"

"바오밥 나무를 제거해 본 적 있어?"

"아니."

사진에서나 봤을까, 하나는 실물을 본 적도 없었다.

"그럼 나 혼자 할게. 뿌리를 완전히 다 드러내는 게 쉽지 않거든."

어린 왕자는 묵묵히 삽질에 집중했다.

"드디어 끝났다."

어린 왕자가 모종삽을 내팽개치고 바닥에 드러누웠다. 흙먼지를 뒤집어쓴 까닭에 행색이 꼬질꼬질했다.

"얼른 씻으러 가. 욕조에 물 받아 놨어."

하나는 어린 왕자를 욕조로 떠밀었다. 어린 왕자는 오랜만에 장시간 움직인 탓에 근육이 몽땅 뭉쳐서 일어나는 것조차 쉽지 않았다. 그는 따뜻한 물에 몸을 푹 담갔다.

보아 용은 이런 상황을 예상했던 걸까? 하나는 보아 용에게 고맙다고 작게 속삭이곤 입욕제를 욕조로 던졌다. 입욕제가 물에 닿자 부글부글 끓어오르며 거품을 만들었다.

"으악! 욕조가 터지려고 한다!"

잔뜩 겁에 질린 어린 왕자가 욕조 가장자리로 피신해 팔다리를 웅크렸다.

"그건 입욕제라는 건데, 목욕할 때 넣으면 살결이 부드러워져."

"곧 폭발할 것 같은데?"

"물을 만나 반가워서 그래. 너도 누군가를 오랜만에 만나면 반갑지 않아? 격하게 환영하고 싶고."

"그렇구나. 오랜만에 만나서 반갑구나."

어린 왕자는 물속에 얼굴을 반쯤 넣고 신기한 듯 거품이 올라오는 모습을 지켜보았다.

"아로마가 첨가돼 있어서 좋은 향이 날 거야."

"진짜네! 넌 아는 게 정말 많구나."

[하나는 책을 많이 읽어서 그래.]

B가 말했다. 하나는 제 머릿속에만 울린다는 것을 알았지만, 반사적으로 장미가 된 B를 향해 고개를 돌려 입에 앞발을 가져다 댔다. 쉿, 조용히 하라는 의미였다. B는 두 잎사귀로 꽃 중심부를 틀어막았다.

노란 하늘이 어느새 붉은빛으로 물들어 갔다.

"저기 좀 봐! 노을이야."

"와."

어린 왕자는 욕조 안에서 노을을 보았다. 하늘을 불태워 버릴 것 같은 노을을 보며 어린 왕자는 무언가가 마음속으로 밀려들어 왔다가 사라지는 것을 느꼈다.

▶▶ '어린 왕자'가 빈백에서 탈출했습니다. '어린 왕자'의 체지방이 34에서 29로 대폭 감소합니다.

어린 왕자의 체지방 앞자리 숫자가 바뀐 것만으로도 하나는 희열감을 느꼈다.

하나는 원래 기분이 좋지 않을 때마다 공원을 걸었다. 우울한 이유가 딱히 떠오르지 않아도, 해결할 방법을 몰라도, 걷다 보면 복잡했던 생각과 실타래처럼 엉켰던 감정들이 정리되는 마법 같은 경험을 하곤 했다. 산책 하나로 얼마나 많은 일들이 풀렸던가. 하나의 얼굴에 미소가 그려졌다.

"우리 목욕하고 산책 가자."

"좋아!"

희망이 보였다. 어린 왕자가 같이 넷플릭스를 보자고 할까 봐 내심 조마조마했는데, 흔쾌히 산책하겠다니. 하나는 어린 왕자의 다이어트를 성공시키고 말리라 다짐했다.

* * *

하나와 어린 왕자는 산책하며 가까워졌다. 어린 왕자는 하루가 다르게 책 표지에 그려진 체형을 찾아갔다. 깜빡 잊은 날엔 B가 알려 준 덕분에 하루도 빠짐없이 산책할 수 있었다.

"강아지야, 산책하러 가자."

어린 왕자가 강아지라고 부를 때마다 하나는 애써 귀를 내려 접었다.

"책에서 봤는데 강아지와 산책하려면 목줄을 꼭 해야 한대. 하지만 이곳은 너무 작고 넌 아무 곳에나 달려가지 않으니까 괜찮아. 이 행성에 식물이라곤 장미뿐인데, 넌 장미와 친하니까 해치지 않겠지."

난 사실 여우란다. 목줄 따윈 필요 없어. 하나는 속으로 마른 웃음을 삼켰다.

"내가 만약 묶인다면 많이 슬플 거야. 난 발길이 닿는 곳까지 가 보고 싶어."

"그래, 나도 네가 묶여 있는 건 싫어. 장미만 해치지 않으면 돼."

어린 왕자의 장미 사랑은 지독했다. 살이 빠지기 시작하고부터 부쩍 장미에 관심을 가져서 걱정했는데, 줄거리가 원래대로 돌아가려고 그러는 거라고 B가 설명했다. 하루는 온종일

장미 곁을 떠나지 않아서 B가 불쌍하게 느껴질 정도였다. B는 오히려 다행이라고 했다.

[내가 움직일 수 있으면 대신 산책하러 갈 텐데.]

"아니에요, 괜찮아요. 어차피 이건 나에게 주어진 퀘스트니까요. B도 B의 퀘스트를 해요."

움직일 수 없는 장미일지라도 이곳에 들어온 이상 퀘스트가 주어졌을 테고, 그것을 성공해야만 줄거리 회수에 한 발짝 다가갈 것이다.

"응? 뭐라고 했어?"

어린 왕자가 물었다. B와의 대화에 집중한 나머지 하나가 너무 큰 소리로 말해 버린 탓이었다.

"아, 아무것도 아니야. 그냥 노을이 예쁘다고."

"그러게. 노을이 정말 예뻐. 이게 마지막이겠지?"

어린 왕자의 눈이 슬픔으로 가득 찼다.

"내일 또 보면 되잖아."

"하지만 저 노을은 다시 볼 수 없어. 오늘의 노을은 오늘뿐이야."

오늘의 노을과 내일의 노을은 같을 수 없었다. 더군다나 B612호처럼 작은 행성에서의 노을은 시간별로 달랐다. 하늘

아래 같은 붉은색이 없듯, 노을도 다 다른 거였다.

"맞아. 하지만 오늘 함께 본 노을은 시간 속에 남아 있을 거야."

"시간 속에?"

"응, 시간 속 어느 곳에⋯⋯."

하나는 "내 마음에 새겨진 것처럼"이라고 말하려다가 말았다. 너무 오글거렸다. 어린 왕자를 만난 뒤로 유독 감성적으로 변한 하나가 무심코 낯간지러운 말을 내뱉을 뻔했다.

"그것 참 낭만적이다. 어느 시간대에 오늘 본 노을이 남아 있다니. 오늘처럼 노을을 볼 수 없어 슬퍼지면 네 말을 떠올릴게."

오늘따라 어린 왕자가 왜 이러지, 꼭 헤어질 사람처럼.

"할 말이 있어."

어린 왕자의 우수에 젖은 눈이 단호하게 변했다. 여태껏 참았던 말을 하기로 결심한 것이리라.

▶▶ 매일 정해진 시간에 '어린 왕자' 산책 시키기 퀘스트를 성공하셨습니다. '어린 왕자'의 체지방이 5 감소합니다.

예상치 못한 타이밍에 알림창이 떴다. 그러고 보니 어느덧 어린 왕자는 책 속에서 보던 홀쭉한 모습이었다.

▶▶ '어린 왕자'의 우울감이 사라졌습니다. 이제 '어린 왕자'는 고향 '소행성 B612호'를 떠날 준비를 합니다.

벌써? 서운한 마음이 드는 건, 정들어서일까? 아니, 어쩌면 이런 게 길들여지는 것일지도 모른다고 하나는 생각했다.

"이제 행성을 떠나려고 해."

"응, 그럴 것 같았어."

하나는 아무렇지 않은 척 씩씩하게 말했다.

"준비됐으면 떠나야지."

자존심이 센 장미가 눈물을 흘리지 않기 위해 꾹 참았을 때 이런 마음이었을까. 하나는 터져 나오려는 울음을 참느라 정말 필요한 단어만 골라 말했다.

"장미에게 인사했어?"

"응, 아까 산책 나오기 전에 했어. 너와 마지막 노을을 보려고 나온 거야."

"날 위해 출발을 미뤘구나."

하나는 다시 한번 울컥 차오르는 눈물을 삼키느라 애썼다.

"안녕, 나의 강아지."

네가 돌아와도 난 이곳에 없겠지. 하지만 나와 똑같이 생긴 여우를 사막에서 볼 수 있을 거야. 하나는 나오려는 눈물을 꾹 참았다.

어린 왕자는 철새 무리에 몸을 맡겼다.

"안녕, 나의 어린 왕자."

환한 빛이 하나를 감쌌다.

10화
플레이어를 찾습니다

하나는 사무실에서 눈을 떴다. 줄거리 회수 완료를 알리는 종료음이 울렸고, 하나는 참지 못하고 눈물을 쏟아 냈다. 현실로 무사히 돌아왔다는 안도감 때문이었을까, 아니면 헤어진 어린 왕자를 다시는 볼 수 없다는 사실 때문이었을까.

B는 하나의 어깨를 토닥거렸다. 때마침 사무실로 돌아온 A가 그 모습을 보고 완벽히 오해하고 말았다.

"울렸어?"

"내가 너냐? 그냥 좀 뒤숭숭한 거야."

"뒤숭숭할 게 뭐 있어."

"그런 게 있어, 너는 이해 못할 그런 복잡한 기분이. 가서 음료수나 뽑아 와. 리얼 생강차로."

"내 것도 뽑는다."

스마트워치를 받아든 A가 룰루랄라 밖으로 나갔다. A가 음료수를 들고 왔을 땐 하나가 눈물을 그치고 난 후였다.

"자, 받아."

하나는 음료수를 받자마자 벌컥벌컥 마셨다.

"감사 인사할 줄 몰라?"

"B, 감사합니다. 잘 마실게요."

"뭘 이런 걸로. 얼른 마셔."

"내가 사 왔거든?"

"돈은 B가 냈잖아요."

"체력 소모해서 사 온 건 나거든."

"애 같다는 말 많이 듣죠?"

"뭐?"

A는 당황했다. 하나는 고저 없는 톤으로 말을 이어 갔다.

"방금도 느꼈죠?"

"야!"

"왜 소리를 지르고 그래."

B가 말렸다.

"어른이 애한테 화내는 게 딱 애 같은 거예요."

"하나야, 너도 그만하고 얼른 음료수 마셔. A, 너도."

하나와 A는 배틀하는 것처럼 리얼 생강차를 마구 들이켰다. 서로를 원수 보듯 노려보면서.

* * *

하나는 《이상한 나라의 앨리스》와 《어린 왕자》에서 있었던 퀘스트에 대해 설명했다.

"그런 게 있다고?"

B가 금시초문이라는 듯 되물었다.

"그럼 뱀을 길들인 것도 퀘스트 때문에 한 거니?"

"안 그랬음 제가 왜 그랬겠어요, 뱀이라면 질겁하는데. 저 그때 진짜 뱀 먹이 되는 줄 알았다니까요. 하지만 그 퀘스트를 하지 않았으면 뱀이 용으로 진화하지 않았을 거고, 그럼 소행성 B612에도 가지 못했을 거예요. 그랬다면 B 혼자서 우울감에 젖은 어린 왕자를 돌봐야 했겠죠."

하나가 장황하게 설명했다.

"그래서 자꾸 퀘스트라는 말을 했구나. 줄거리 회수에 힘쓰자는 의미인 줄 알았어."

"왕자도 넷플릭스를 보는군."

A가 주제와 상관없는 말을 했다가 하나와 B의 눈총을 받았다.

"어쨌거나 그 퀘스트라는 건 저만 받았다는 거네요."

"하나 너의 얘기를 정리하면, 그 퀘스트라는 걸 수행하면서 이야기가 맞춰지고, 최종 성공하면 줄거리 회수가 가능하다는 거네."

B가 턱을 매만졌다.

"어떻게 보면 가이드라인인 셈이니까 나쁘진 않네요."

하나의 말에 A와 B는 서로 짠 것처럼 동시에 입을 다물었다. 처음 겪는 현상을 섣불리 좋다, 나쁘다 논할 수 없었으며 분명 장단점이 있을 것이기 때문이었다.

"퀘스트를 실패한 적 있어?"

"아직은 없어요."

하나는 부은 다리를 주무르다가 바지 뒷주머니에서 동그란 무언가를 꺼냈다.

"방울?"

"아, 보아 뱀이 준 거예요. 위험할 때 흔들면 구해 주러 오겠다고 했거든요."

"자기가 영웅이라도 되나 보지?"

"근데 이게 왜 여기 있을까요?"

"뱀이 줬으니까."

A가 시큰둥하게 반응했다.

"그러니까요. 책에서 받은 걸 밖으로 가지고 나올 수도 있어요?"

"어? 그러네?"

스토리텔러라는 직업이 안정화되기 전까지 많은 이들이 책 속에서 금은보화를 꺼내 오려고 노력했으나 그 모든 시도는 실패로 돌아갔다. 이유가 명확히 밝혀지지 않았지만, 과학자들이 추정하기로는 어쨌든 소설은 상상을 바탕으로 만들어진 허구이므로 현실에 존재할 수 없어서였다. 그런데 떡하니 방울이 존재한다니, 기함할 일이었다.

"이걸 흔들면 용이 나타날까요?"

"아니, 하지 마. 회수한 줄거리 괜히 뒤틀릴라."

A가 말렸다.

"그럼 저야 좋죠. 어린 왕자도 다시 만나고, 재밌는 퀘스트를 수행하면서 줄거리 회수도 하고. 누이 좋고 매부 좋고."

"괜히 일 벌이지 마. 안 그래도 요새 야근이 늘어서 죽겠다고.”

하나는 A 코앞까지 방울을 들이밀었다.

“하지 말랬다.”

A는 이를 악물고 말했으나 하나에게는 통하지 않았다. 결국 하나와 A는 B를 사이에 두고 잡기 놀이를 하게 되었다. 가운데에 낀 B만 괴로울 뿐이었다.

“잠깐만.”

마침 B의 스마트워치가 울렸다.

“이번엔 어떤 소설이에요?”

“그냥 업무 관련한 메시지야.”

문자를 읽더니 B의 얼굴이 사색이 되었다.

“왜요? 무슨 일이에요?”

“메일 보낼 테니 읽어 봐.”

“뭔데 그래?”

A가 탭을 꺼내 화면을 보았다. 그의 표정 역시 점점 굳어졌다.

“하나야, 잠시만 여기서 기다려 줄래?”

“네.”

하나가 소파에 풀썩 앉으면서 탁자에 올려 둔 방울을 떨어트렸다. 방울이 바닥에 닿자마자 자수정으로 변했다. A와 B도 이 모습을 목격했다.

"봤어요? 방울이 사라졌어요."

A와 B의 낯빛이 파리해졌다.

"이것도 연관 있는 건가?"

"아마도 그런 것 같아."

두 사람은 알 수 없는 말을 주고받았다. 하나는 자수정 조각을 들고 마구 흔들었지만, 변함이 없었다.

"에이, 방울이 사라졌어."

풀이 죽은 하나의 목소리에 다시는 어린 왕자를 볼 수 없다는 허망함이 섞여 있었다.

"아무래도 X가 자수정을 손에 넣은 뒤 소설에 심어 둔 것 같아."

"무슨 이유로 소설에 자수정을 넣어 둔 거지?"

X라는 단어에 A가 날선 목소리로 말했다. 도저히 두 사람의 대화 흐름을 따라갈 수 없었던 하나는 조용히 말소리에 귀를 기울였다.

"몇 년 전의 그 소문이 사실인 건가? 왜, 책 속으로 향하는 문이 도난당했다던 소문 말이야. 헛소문이라고 딱 잡아떼던 임원들이 믿음이 안 가더라니."

'책 속으로 향하는 문'은 또 뭐지? 하나는 묻고 싶은 것이 많았지만 끼어들 틈이 없었다. 그러다 B와 눈이 마주쳤다.

"그러니까 하나야, 이건……."

B가 잠시 말하길 머뭇거렸다.

"괜찮아, 그냥 말해. 어디 가서 이야기할 것 같지 않으니까."

"어디서부터 말해야 하지? 그러니까 자수정이 뭐냐면……."

B가 천천히 설명을 이어 갔다.

* * *

"죄송합니다. 실패했습니다."

'VR 콘텐츠 제작부 3팀 부장 강경태'라는 사원증을 목에 건 남자는 초조하게 상갑의 눈치를 살폈다.

"나는 다른 대답을 원하는데."

결재 서류를 검토 중이던 상갑은 명패 위에 앉은 먼지를 검지로 쓸었다. 그 모습이 여유로워서 그다음 이어질 행동이 도

무지 상상이 가지 않았다. 상갑은 재빨리 명패를 집어 들었다. 갑자기 날아온 명패가 강 부장의 왼쪽 어깨를 지나쳐 상패를 전시해 둔 장식장에 부딪혔다. 와장창.

강 부장은 자신도 모르게 몸을 움츠렸다.

"자네는 매번 그 대답이군."

상갑의 음성은 명패를 던진 사람 같지 않게 차분했다.

"조각은?"

"수거를 실패했습니다."

부장은 말하면서도 잔뜩 긴장했다.

"그만 나가 보세요."

상갑은 더는 듣기 싫다는 듯 돌아앉았다. 강 부장은 꾸벅 인사하고 자리를 피했다. 상갑은 비서를 호출해 깨진 유리 조각을 치우도록 했다. 밖에서 대기 중이던 직원이 들어와 보고서를 내밀었다.

"VR 콘텐츠 제작 센터는 어떻게 되어 가고 있나요?"

"계획대로 진행 중입니다. 임원들의 과반수가 설립을 찬성하는 쪽으로 의견을 보이고 있습니다."

"좋습니다."

"문제는 플레이어입니다."

상갑이 입에 잔을 가져다 대며 계속하라는 의미로 손을 휘적거렸다.

"편집을 담당할 적당한 플레이어를 찾지 못했습니다."

흰 셔츠를 입은 직원의 대답에 상갑은 손목 스냅을 이용해 원을 그리듯 잔을 돌렸다.

"플레이어만 보류하고 나머진 진행시켜요."

"그럼 플레이어는······."

"내가 찾아볼게요."

보고를 마친 흰 셔츠를 입은 사내가 꾸벅 인사를 올리고 나갔다.

"일단 그쪽을 시험해 보는 편이 좋겠어."

유리 조각을 말끔히 치운 비서는 명패를 책상에 올려놓고 서둘러 사라졌다. 명패 귀퉁이에는 미세한 금이 생겨 있었다.

"마침 적당한 인재가 나타났군."

흰머리가 희끗희끗한 상갑은 컴퓨터 모니터를 뚫어져라 바라보았다. 화면에는 서하나의 신상 정보가 담긴 직업 체험 신청서가 띄워져 있었다.

11화

카오스의 서막

조금 전 점심을 먹은 하나는 부럽다, 견학을 부탁한다, 친구 간의 우정 등등, 헛소리를 흘려대며 매달리는 보미를 겨우 떨쳐 내고 중앙지부로 운행하는 직통버스에 올라탔다. B가 학교로 데리러 오겠다고 했으나 거절했다. 그러면 알아서 오라고 할 줄 알았는데 A도 B의 차를 타고 오라고 말했다. 그 이유인즉슨 도망갈지도 모른다는 거였다. 정말이지 A다운 발상이었다. B가 매번 학교로 오면 친구들이 달라붙을지도 모른다고 누차 설명하자 그제야 한발 물러났다.

"B 사무실로 와."

정문에 들어선 하나는 A가 보낸 문자대로 B의 사무실로 향했다. 오히려 그편이 나았다. 하나는 A보다 B가 더 편했다.

정중히 노크하고 들어가자, 사무실 주인이 있어야 할 자리에 A가 대신 앉아 안경까지 끼고 서류 더미를 뒤지고 있었다.

"거기 조심해, 밟지 마!"

하나가 바닥에 떨어진 종이를 미처 보지 못하고 밟으려는 찰나, A가 외쳤다. 그러고 보니 바닥에 종이 뭉치들이 군데군데 널려 있었다.

"아저씨, 지금 여기서 뭐해요?"

"보면 몰라? 서류 검토 중이잖아. 그리고 아저씨 아니라 A라고 부르라 했지?"

"아저씨나 A나."

"다 들린다."

"B는 어딨어요?"

"줄거리 회수하고 보고서 작성에 필요한 자료 찾으러 문서 보관실에 갔어. 곧 올 거야."

A가 시간을 확인하며 말했다.

"B가 오기 전까지 잠시 앉아 있어. 뭐 마실래?"

A가 고갯짓으로 B의 취향이 가득 담긴 대추차, 율무차, 천마차 등 스틱형 전통차가 비치된 수납장을 가리켰다.

"리얼 생강차요. 자판기에서 뽑아 올게요."

하나는 자리에서 벌떡 일어났다. 차라리 잘된 일이었다. 어색한 사무실의 공기가 무겁고 갑갑하게 느껴졌으니.

"따뜻하면 매운맛이 덜하지만 전 차갑게 먹는 게 더 좋거든요."

그때 사무실 문이 열리고, B가 들어왔다.

"많이 기다렸지? 미안. 어? 하나 왔구나. 이거 마셔. 너 올 줄 알고 냉장고에 미리 넣어 놨어. 시원한 거 좋아하잖아."

B가 냉장고에서 리얼 생강차를 꺼냈다.

"감사합니다."

"A, 너도 마실래?"

"고마워."

A는 보지도 않고 대답했다. 그는 얼마 동안 서류를 더 들여다보더니 안경을 벗고 눈가를 매만졌다.

"A, 너도 이리 와서 좀 쉬는 게 어때? 마침 할 얘기도 있고."

B가 품에서 자수정 조각들을 꺼냈다. 모두 다섯 조각이었다.

"하나였던 것이 여러 조각으로 깨진 것 같아. 앗, 이것도 하나네."

B의 썰렁한 농담에 A가 그게 무슨 말이냐고 물었다.

"하나도 하나, 이것도 하나, 라임이 딱딱 맞잖아……. 아, 미안."

"장난은 쉴 때 해. 계속 말해 봐."

"응. 이제 한 조각만 더 있으면 돼."

B가 맞춘 자수정에 한 조각의 자리가 비었다.

"그리고 성분 분석 결과……."

A와 하나는 마치 시험의 당락을 확인하는 학생처럼, 병원에서 검사 결과를 기다리는 환자처럼 침을 꼴깍 삼켰다.

"지구에 현존하는 외계 물질 NF3908. 즉, '책 속으로 향하는 문'과 일치해."

A와 B의 표정이 매우 암담해졌다. A가 웅얼거렸다.

"제발 아니길 바랐는데."

B가 하나에게 자수정에 관해 설명해 주었던 날, 그는 성분 분석을 의뢰한 연구소로부터 자수정 성분이 NF3908과 일치한다는 분석 결과가 담긴 메일을 받았다. 무언가 잘못된 것이 틀림없다며 메일을 받자마자 당장 연구소로 전화했지만, 결과는 변함이 없었다.

암석학자였던 빙의 시초자는 30년 전에 NF3908 운석을 발견했고, 시료 분석기에 넣고 실험하다 저도 모르게 연구실에 꽂혀 있던 어느 서적에 빙의되었다. 현실 세계로 돌아온 그는 자신이 술에 취해 바닥에서 잔 줄 알았다고 증언했다. 함께 연구했던 다른 연구소의 컴퓨터공학자는 NF3908을 일정 속도 이상으로 진동시키면 차원의 틈이 열린다는 사실을 알아냈고, 그 원리를 양자 컴퓨터로 프로그래밍하여 스토리텔러들이 휴대할 수 있도록 스마트워치를 개발했다.

스토리텔링협회가 설립된 이후 NF3908의 소관이 연구소에서 협회로 이관되면서 '책 속으로 향하는 문'이라는 이름이 붙여졌다. 반년 전쯤 X라고 불리는 안티 스토리텔러가 그 문을 훔친 이후로 NF3908의 행방이 뚝 끊어졌다. (물론 당시 임원들은 사실이 아니라고 잡아뗐다.) 그런데 그 조각이 책 속에서 발견되다니. 이제껏 발견된 NF3908 조각은 다섯 조각으로, 총 여섯 조각이 책 속에 떨어진 셈이다. 하지만 왜, 무슨 이유로 X는 책 속에 조각들을 심어 놓은 것일까?

"게이트로서의 역할을 했기 때문이 아닐까?"

"게이트 기능 때문이라면 워치를 훔치는 편이 훨씬 쉬웠을 거야."

NF3908이 지닌 힘이 완전히 밝혀지지 않았으므로 여전히 그 '책 속으로 향하는 문'은 연구 대상이었다. A는 X가 NF3908의 무한한 잠재성을 보고 훔쳤을 거라고 설명했다.

"하지만 어찌 됐든 NF3908을 조각내서 책 속에 넣은 건 논리적으로 이해되지 않아요."

"그래, 내 말이 그거야."

B가 답답함을 토로했다.

"어쩌면…… X는 안티 스토리텔러가 아닌 것 같아요."

하나가 팔짱을 끼며 생각이 깊어진 표정으로 말했다.

"왜지?"

A가 의문을 표했다.

"제가 겪은 소설들은 변형되긴 했어도 스토리가 존재했거든요. 오히려 누군가 퀘스트를 풀길 기다렸던 것 같아요."

하나가 처음 빙의된 시점부터 줄곧 시스템 알림창이 떴고, 그 퀘스트를 수행할수록 해결책에 가까워졌다.

"마치 게임 같았어요. 꼭 다음 스테이지가 준비되어 있는 것처럼요."

"그건 아마도 네가 '동화자'라서 그럴 거야."

A가 말했다.

"이곳에 처음 와서 받았던 테스트, 기억나지? 이건 네 테스트 결과야."

A가 태블릿 화면을 보여 주었다. 암담한 결과가 담긴 그래프를 본 하나의 얼굴이 삽시간에 달아올랐다.

"그리고 이건 나와 B의 결과고."

A가 화면을 왼쪽으로 넘겼다.

"뭐가 다른 것 같아?"

"점수요……."

하나는 기어들어 가는 목소리로 대답했다. 꼭 이런 식으로 제 잘남을 드러내야 하나, 짜증이 났다.

"그건 당연한 거고. 난 스토리텔러 중에서도 상위 1퍼센트야. 그것 말고 여기, 네 책 감응도 수치를 봐. 100퍼센트야. 이런 수치는 드물어. 옛 문헌을 찾아보니 너와 비슷한 사례가 있었어. 학자들은 이런 사람을 동화자라고 불렀지. 동화자는 캐릭터에 스토리텔러처럼 빙의되는 것이 아니야. 동화되는 거지. 엄밀히 따지면 빙의는 한 육체에 두 개의 영혼이 공존하는 거고, 동화는 한 육체에 한 개의 영혼만 존재하는 거야. 캐릭터의 영혼과 융화되는 거지."

"아! 캐릭터가 곧 동화자라는 뜻이구나!"

B가 말했다.

"맞아."

"그래서 대법칙 두 번째, 세 번째를 모조리 무시할 수 있었던 거고! 하나야, 넌 무적이야."

B가 감격한 얼굴로 두 눈을 반짝였다.

"아니, 무적은 아니지. 거기엔 반드시 대가가 있어. 앨리스에 동화되었을 때 기억나? 눈의 여제 앞에서 치마 색깔이 바뀌었지."

A가 말했다.

"네, 빨간색으로 바뀌어서 하트 여왕의 심복으로 몰렸죠."

"그리고 노란색, 하늘색으로도 바뀌었어. 왜 그런 줄 알겠어?"

"제가 동화자인가 뭔가라서 그런 건가요?"

하나가 되물었다.

"앨리스의 치마 색깔은 초판본에선 무색이었다가 1887년에 재출간되었을 때 빨간색으로 바뀌었어. 2년 뒤 노란색으로 바뀌었다가 4년 뒤엔 하늘색으로 바뀌었고. 그러다가 1951년에 디즈니사에서 애니메이션을 제작하면서부터 하늘색 치마가 앨리스의 상징처럼 뿌리내렸지."

《이상한 나라의 앨리스》가 출판된 지 150년이 지났는데 앨리스의 치마 색깔이 하늘색으로 고정된 건 100년도 채 되지 않았다는 게 A의 설명이었다.

"네가 동화자니까 감정 변화에 따라 역사 속에 있었던 사실이 반영되었던 거야. 그 말은, 네가 캐릭터에 과하게 몰입하면 그 캐릭터가 될 수도 있다는 뜻이야. 영혼이 섞여 있으니까."

"그건 좀 위험한데. 영원히 책 속에서 빠져나오지 못할 수도 있다는 거잖아!"

B가 언성을 높였고, 하나는 A가 한 말의 의미를 파악하기 위해 경청했다.

"이때까지는 어찌어찌 해 왔다 치더라도 까닥 잘못하면 차원 속의 미아가 되는 거야. 똑같은 책에 들어가더라도 매번 다다른 차원이니까, 게이트를 한번 놓치면 영영 길을 못 찾을 수 있다고 보면 돼."

A가 무덤덤하게 말했다.

"하나야, 이제부턴 책에 들어가지 말자. 너무 위험해."

B가 단호하게 말했다.

"괜찮아요. 전 현실과 허상을 구분할 수 있어요."

"잘못하면 현실로 돌아오지 못할 수도 있다니까."

"이제 한 조각 남았다면서요."

"하나야……."

B가 칭얼거렸지만 하나를 말리기엔 역부족이었다.

"그리고 어떤 퀘스트가 남았을지도 궁금하고요."

A가 시무룩해하는 B의 어깨를 두드렸다.

"이 정도로 확고하면 말려 봤자 시간 낭비야."

"퀘스트는 저만 볼 수 있는 거니까, 제가 열쇠를 쥔 거나 다름없어요. 물론 경력 많으신 스토리텔러 앞에서 주름잡는 격이지만요."

삐빅. 스마트워치가 울리자, A가 워치를 확인했다.

"《별주부전》이네."

"고전 중에서도 고전이잖아."

"이왕이면 토끼에 빙의됐으면 좋겠는데. 누군가의 수하가 되는 건 영 별로야."

누군가의 수하라는 건 자라를 의미했다.

"줄거리를 회수하는 동안 B는 NF3908을 더 조사해 줘."

하나의 주위로 빛이 스멀스멀 퍼졌다.

"응, X에 대해서도 더 조사해 볼게. 걱정하지 말고 다녀와."

B가 미소 지었다.

하나는 빛에 가려 굳어진 A의 얼굴을 보지 못했다.

* * *

하얀 제 양 앞발을 발견한 하나는 눈의 여제가 재림한 줄 알고 잠시 깜짝 놀랐다.

"토끼네."

깡충깡충 뛰는 느낌이 상당히 생경했다. 하나는 토끼가 뛰는 모습이 비효율적이라고 생각했었는데, 막상 뛰어 보니 꽤 멀리까지 뛸 수 있다는 사실을 깨달았다.

아쉽게도 A는 다른 캐릭터에 빙의된 모양이었다. 결국 감응도 수치가 이겨 버린 셈이었다.

[서하나, 어디 있어?]

A의 목소리였다.

"넓은 초원에 있어요. 아직 자라가 오기 전인 것 같아요. 아, 저기 오네요."

말하고 보니 무언가 이상했다. 얼마 전 동물 백과에서 자라와 거북을 구분하는 방법을 읽었는데, 자라는 주둥이가 길쭉한 막대 모양이라고 했다. 그런데 저기 느긋하게 걸어오는 건 주둥이가 짧은, 영락없는 거북이었다.

[동화된 캐릭터가 뭐지?]

"토끼요."

하나는 머뭇거리며 대답했다.

[어? 이상하네. 내가 빙의된 캐릭터도 토끼인데.]

같은 소설에 같은 캐릭터로 빙의될 수 있나? 동화자이긴
해도 이때까지 스토리텔러와 똑같은 캐릭터에 동화된 적은 없
었다. 만약 같은 캐릭터에 들어온 거라면 두 개의 영혼이 한
캐릭터에 있다는 거였다. 또 다른 가설로는 같은 소설인데 다
른 차원으로 빙의되는 경우다. 이 경우엔 한 캐릭터에 둘이 각
각 빙의되거나 동화될 수 있겠지만, 평소처럼 연락이 되지는
않을 것이다. 차원이 다른 존재에게 연락한다는 건 아직 과학
적으로도 방법이 발견되지 않았다.

"분명 제 쪽으로 걸어오는 건 거북이에요."

[음, 그렇다면 말이 되네. 자라는 지금 내 옆에 있거든.]

어라, 이건 또 무슨 얘기지? 각자 다른 소설에 들어간 건
가? 그렇다면 이렇게 대화를 나눌 수 없을 텐데.

[아무래도 두 개의 이야기가 섞인 것 같아.]

하나는 무슨 말인지 감이 오지 않았다.

[토끼가 등장하는 대표적인 소설로는 《별주부전》과 《토끼와 거북이》가 있어. 우리는 이 둘이 섞여 버린 세상에 온 것 같다고.]

하나도 힘든데 두 개나 섞였다고? 하나의 머릿속도, 이야기도 뒤죽박죽 섞여 버렸다. 마치 우주 초기의 카오스 상태처럼.

12화

카오스의 종막

A는 물에 비친 제 모습을 바라보았다. 분명 토끼인데도 곧 싸움판에 나가도 될 만큼 강인한 얼굴에 다부진 몸이 강물에 일렁거렸다. 길쭉한 귀와 짧은 털, 특히 캥거루의 것과 비슷하게 생긴 뒷다리에 걷어차이면 누구든 한 방에 나가떨어질 것만 같았다.

"한국 토끼와 서양 토끼의 차이를 알아?"

[토끼라면 다 비슷비슷하지 않나요?]

하나는 잘 모른다는 투로 말했다.

"서양 야생 토끼는 한국 토종 야생 토끼에 비해 덩치가 큰 편이야. 전해 내려오는 서양의 토끼 그림이 힘센 전사처럼 묘사된 이유는 실제 생김새가 그러하기 때문이지. 상대적으로 골격이 크고, 매우 긴 귀에 혈관이 울룩불룩해. 눈이 돌출되었고, 그 크기에 비해 눈동자가 작아."

[듣고 보니 전 동그란 체구의 토끼에 빙의된 것 같아요.]

"하아, 꼬일 대로 꼬였어. 그리고 빙의가 아니라 동화야."

A가 한숨을 내쉬었다.

[또 왜요?]

"내 생각이 맞다면 상황도 뒤바뀐 것 같거든."

A는 《별주부전》과 이솝우화인 《토끼와 거북이》가 섞인 것도 모자라 토끼까지 뒤바뀌었다고 설명했다. 정황상 용궁으로 잡혀가야 할 토끼는 하나였다. A가 자라 등에 올라타자 "육중하군요, 간도 그러하여야 할 텐데"라고 말한 시점부터 엇갈려 있는 걸 정확하게 파악했다.

"경주에 나가야 할 토끼는 나야."

[그럼 제가 그쪽으로 갈게요.]

"아니, 그럴 필요 없어. 이미 난 용궁으로 향하는 중이야."

[아, 뛰기 싫은데.]

하나의 입에서 칭얼거림이 섞인 볼멘소리가 작게 나왔다. 이러나저러나 하나의 실제 몸은 수험 생활을 앞둔 대한민국의 평범한 고등학교 1학년이었다.

"여기는 내가 알아서 할 테니까 체육대회에 나가는 셈 치고 뛰어."

A는 경주에서 져야 한다는 말까지 덧붙였다. 이야기가 섞였다 한들 결과가 같다면 분리할 방법도 생겨날 것이라는 게 A의 생각이었다. 이야기가 분리되면 이 혼돈도 정리되리라.

"언제 도착합니까?"

꽤 헤엄친 것 같은데도 A는 여전히 자라 등 뒤였다.

"조금만 참으시오. 곧 궁궐이오. 진수성찬을 차려 놨으니 내 톡톡히 대접하리다."

토끼 간을 빼먹기 위해 별짓을 다하는군.

얼마 지나지 않아 자라 말대로 용궁이 나타났다. 그런데 외관이 심히 낡아 있었다. 아니, 시든 것 같다는 표현이 옳을 것이다. 주변에 자란 산호초에 생기가 없고, 물고기들도 용궁 가까이로 가지 않았다.

"용왕이 곧 용궁이요, 용왕의 힘으로 용궁이 유지되는 셈이지. 그래서 저리 외관이 나빠 보이는 것이오."

용궁의 외관이 좋지 않다는 것은 용왕의 상태도 심상치 않다는 뜻이었다.

"이제 용왕님을 뵐 터이니 털가짐을 바르게 하시오. 용모는 곧 그대의 마음이오."

A는 보초도 없는 용궁으로 들어갔다. 용궁 내부는 더 가관이었다. 백만 년 동안 청소하지 않은 듯 미역이 여기저기 널려 있었고, 성게와 조개껍데기가 굴러다녔다. 생명력을 잃어가는 용궁에서 성게와 조개는 겨우 겉모습만 유지 중이었다. 나무 기둥과 기와는 또 어찌나 낡았는지 툭 치면 무너질 것만 같았다.

"토끼와 별주부 납시오."

물메기가 인상을 쓰며 큰 소리로 외쳤다. 집무실 문을 지키던 물고기가 며칠 전에 상어를 만나 변을 당한 뒤로 수문장을 담당하던 물메기가 대신 지키게 되었다. 대대로 수문장을 지켜 온 물메기 가문이었기에 집무실로 발령 났다는 사실에 진급했다는 기쁨보다 받아들이기 어려운 감정이 컸다.

"용왕님을 뵈옵니다."

A는 넙죽 바닥에 엎드려 절했다.

"토끼는 고개를 들어 명을 받들라."

문어 내시가 말했다.

"그대는 은총을 받아 짐을 낫게 할 명약 재료로 선정되었다. 하여 네 간을 내놓으면 대대손손 영웅이라 칭송받을 것이며, 더 나아가 용궁을 살리는 은인이 될 것이다."

대뜸 죽으라고 하는군. 원본에서도 그리하였지.

"만약 이전 토끼처럼 간을 육지에 두고 왔다는 허무맹랑한 말을 하려거든 포기하여라. 짐은 육지 동물들이 간을 내놓고 다니지 않는다는 것을 익히 알고 있다."

줄거리가 꼬인 이유가 바로 여기 있었다. 이미 다른 토끼가 왔다 간 것이다.

"미개한 육지 동물인 제가 감히 용왕님께 한 말씀 올려도 되겠사옵니까?"

"어디 그 방자한 혀를 놀려 보거라. 마지막 발악이라 생각하고 너그러운 마음으로 들어주겠다."

그 말엔 죽음을 받아들이지 않더라도 죽이겠다는 의지가 담겨 있었다.

"아무래도 잘못 잡아 오신 모양입니다."

"역시 육지 동물의 혀는 간사하구나. 여봐라!"

"왕이시여, 이왕 들은 거 속는 셈치고 끝까지 들어주소서."

A가 바닥에 엎드려 고하자 문어 내시가 왕에게 더 들어보자고 속삭였다. 용왕은 고개를 끄덕이며 기침했다.

"짐을 속인 이후부터 그대는 이미 죄인이다. 여기서 더 죄를 짓는다고 해서 짐에게 실이 될 건 없지. 네 죗값은 지옥에서 치르게 될 것이다. 계속해 보거라."

용왕이 턱을 괴었다.

"저는 서양에서 온 토끼입니다. 외국산이지요. 예부터 조선 고유의 것이 좋다고 하지 않았습니까?"

"흠, 그렇긴 하지."

"용왕님, 속아선 아니 되옵니다. 저 자가 살기 위해 지어낸 거짓부렁임이 틀림없습니다."

문어 내시가 속삭였다. A는 그 같은 신하가 있어 그나마 용궁이 돌아가는 게 아니겠냐는 생각을 하면서도 동시에 임무를 마치고 문어숙회를 먹으리라 다짐했다.

"서양 토끼의 간과 조선 토끼의 간 성분은 매우 다릅니다. 게다가 조리법도 달라서 잘못 복용했다가는 되레 독이 될 것입니다."

"용왕님……."

문어 내시가 다시 왕에게 소곤댔다. 표정을 보아하니 A의 메소드 연기에 문어 내시가 홀랑 넘어간 게 틀림없었다.

"그래도 드시겠다면 기꺼이 간을 내어 드리지요. 소인이 어찌 군주의 뜻을 다 헤아릴 수 있겠습니까."

용왕이 아픈 몸을 이끌고 기립박수까지 쳤으니 중앙지부 에이스라고 불릴 만한 완벽한 연기였다.

"그대의 용기에 탄복할 따름이다. 그냥 죽을 수도 있었으나 그대는 짐을 위해 충언을 아끼지 아니하였다. 하여 그대에게 큰 상을 내리려 한다. 더하여 한 가지 청이 있다."

"그것이 무엇입니까?"

"조선 토끼를 잡아 오라. 쿨럭쿨럭."

용왕의 기침 소리가 예사롭지 않았다.

"조선 토종 토끼를 별주부에게 넘기면 된다. 별주부는 아둔하여 외국산 토끼인지 국산 토끼인지 구분하지 못하고 그대를 잡아 왔지 않은가. 그대의 지혜를 빌리면 이 용궁을 지키고 남해를 지킬 수 있느니라."

"여부가 있겠사옵니까. 명 받잡겠나이다, 전하."

A가 다시 바닥에 납작 엎드렸다.

* * *

동풍이 연두색으로 여문 여린 풀을 쓰다듬었다. 적당한 온도, 적절한 습도, 시원한 공기. 폐 속 깊이 숨을 들이마시고 내

뛸기 좋은 날씨였다.

"힘 빠져."

이런 소풍 가기 좋은 날에 달리기 시합이라니. 물론 뛰다가 나무 그늘 밑에서 자는 설정이 있으나 거북이 얼마나 빨리 달릴지, 잘 달리고 있는지 확인하려면 맘 편히 쉴 수 없었다. 게다가 시스템이 심술을 부려서 비라도 오면 이야기가 완전히 틀어질 것이다. 이야기를 있는 그대로 연출한다는 건 여간 어려운 일이 아니었다.

어느새 거북이 약속 장소인 올리브 나무 아래에 도착했다.

"토끼야, 예전보다 근육이 빠졌구나."

거북과 시합을 약속한 토끼는 A가 빙의된 토끼일 테니 온몸에 힘이 있고 근육이 단단했을 거다. 그에 비해 덩치도 왜소한 한국 토끼에 동화된 하나의 모습은 거북이 보기에도 연약해 보였다.

"달리기 연습에 매진하느라 웨이트를 줄였어."

"그랬구나."

거북이 고개를 끄덕일 때마다 목의 잔주름이 돋보였다. 얇은 피부 탓인지 건조한 탓인지 문득 궁금해졌다.

"한 가지 제안이 있어."

거북이 말했다.

"뭔데?"

갑자기 규정이라도 바꾸려는 심산일까? 그래 봤자 거북이 승리할 텐데.

"느리게 달리기로 종목을 바꾸자."

이 거북, 승부욕이 대단한데? 하나는 아무렇지 않은 척 목의 털을 가다듬었다.

"난 다시 태어나도 너처럼 빠르게 달릴 수 없어. 너는 예민한 감각을 잘 컨트롤한다면 아주 느리게 달릴 수 있을 거야."

빠르게 달리기는 토끼에게 매우 유리하다. 토끼는 낯선 장소를 극도로 꺼리고 겁도 많아서 도망가기 위해 순간적으로 빠르게 뛰도록 진화하였다. 느리게 달리기 시합은 서로의 능력을 고려한 공평한 경주였다. 어쨌든 결승선에 늦게만 도달하면 되는 문제였다. 만약 질 것 같으면 석류나무나 포도나무 아래에서 잠시 낮잠을 청하면 될 일이다.

"네게도 나쁜 제안은 아닐 거야. 어때?"

하나와 거북은 올리브 나무 옆 출발선으로 향했다.

▶▶ 달리기 출발선에 있습니다.

〈퀘스트〉 달리기 경주에 참여하시겠습니까?

〈보상〉 우승 시 거북을 마음껏 놀릴 수 있습니다.

보상이 그리 맘에 들지 않았으나 하나는 우승을 확신했기에 퀘스트를 수락했다. 게다가 나무 아래에서 잠들 예정이었으므로 무조건 하나가 결승선에 늦게 도착할 것이다.

▶▶ 준비, 시작!

예상대로 거북은 엉금엉금 걸었다. 거북으로서는 최대한 빨리 걷는 것이겠지만 발 빠른 하나는 더 느리게 걸으려 해도 감히 거북보다 느리게 걸을 수 없었다. 중간 지점을 지나자 무성한 수풀에 가려 거북이 아예 보이지 않았다.

"이 정도 달렸으면 꽤 달렸어. 체육대회 때보다 더 많이 움직였는걸. 나무가 어디 있나?"

▶▶ 이곳은 '토끼가 경주하다가 잠든 나무'입니다. 여기서 낮잠을 자면 누가 업어 가도 모르게 잠들 수 있습니다. 잠드시겠습니까? 낮잠 자기를 선택하면 체력이 5 증가합니다.

드디어 토끼가 기대어 잠들었던 나무를 발견했다. 하나는 주저 없이 수락하기를 선택하고 나무에 다가갔다. 땅 위로 솟은 나무뿌리를 쿠션 삼아 눕자 곧바로 잠들었다.

얼마나 시간이 흘렀을까, 하나가 눈을 떴을 땐 해가 뉘엿뉘엿 저물고 있었다. 노을을 보니 어린 왕자가 떠오르는걸. 하나는 속으로 중얼거렸다. 정말이지 누가 업어 가도 모를 정도로 푹 잠들었다. 이쯤이면 벌써 거북이 결승선에 도달했을 것이다. 기지개를 쭉 켜자 몸이 옆으로 기우뚱 기울었다.

"어?"

하나는 깜짝 놀랐다. 땅이 미세하게 진동했다.

땅이 아니었다. 거북의 등 위였다.

"곤히 잠들었기에 내가 업고 왔어. 경주로와 등진 곳에 있어서 못 보고 지나칠 뻔했는데 하얀 털이 민들레 홀씨처럼 피어 있어 발견할 수 있었어."

결승선이 코앞이었다. 이 시간까지 도착하지 못한 건 순전히 하나를 등에 업은 탓이리라. 하나는 일어나려고 몸부림을 쳤지만, 수면제를 먹은 것처럼 온몸이 나른했다.

"너 진짜 잘 잔다."

거북은 결승선 앞에서 하나를 있는 힘껏 던졌다. 하나는 공중에 붕 뜨자 정신이 확 깨면서 마음대로 움직일 수 있게 되었다. 그러나 그때는 이미 손쓸 방법 없이 결승선 너머 아래로 곤두박질한 뒤였다.

"내가 이겼어."

어떡하지? 거북과의 내기에 지고 말았다. 퀘스트를 실패했다. 결과는 나왔고, 이야기는 이걸로 끝이고, 줄거리는 회수할 수 없을 것이다. 동화자인 하나는 결과에 승복하지 못하고 '완전 동화'되어 책 속에 갇히게 될지도 모른다는 생각에 별의별 걱정과 상상의 나래를 펼치고 있었다. 그때 알림창이 떴다.

▸▸ 축하합니다. **빨리 달리기 시합**에 승리하였습니다.

뭐지? 왜 축하한다는 거지? 하나는 알림창을 자세히 보았다. '빨리 달리기 시합'이란 글자가 굵게 강조되어 있는 것을 발견한 하나는 제자리에서 펄쩍펄쩍 뛰었다.

"느리게 달리는 건 졌고 빨리 달리기에선 이긴 거구나! 우와, 줄거리 회수다! 만세!"

"토끼야, 너 엄청 잘 뛰는구나."

"내가 웨이트했다고 그랬잖아."

▶▶ 〈보상〉 거북을 놀릴 수 있습니다. 마음껏 놀리세요.

알림창이 떴다. 기뻐 날뛰는 하나는 알림창을 미처 확인하지 못하고 트램펄린을 탄 것처럼 방방 뛰었다. 경주 결과가 《토끼와 거북이》의 전부라고 할 수 있는데, 스토리도 되돌려 놓고 퀘스트도 성공했다.

"A, 제 말 들려요? 저 퀘스트 성공했어요. 이제 NF3908 조각도 찾아서 협회에 되돌려 놓을 수 있을 거예요!"

하나의 머릿속에서 행복회로가 가동되었다. X의 정체까진 알 수 없어도 NF3908 조각을 합치면 단서라도 찾을 수 있을 거였다.

[나도 마지막 조각 찾았어.]

"어디 있었는데요?"

[용왕이 상으로 내린 금은보화에 섞여 있었어. 조각을 찾았으니 줄거리를 회수한 거나 다름없어. 아무래도 줄거리를 혼동시킨 건 이 물건인 것 같으니까. 지금 어디야? 내가 그쪽으로 갈게.]

하나는 처음 눈을 떴던 올리브 나무를 설명하느라 진땀을 뺐다. 스마트폰에 내 위치 좌표를 보내기 기능이 있는 게 새삼 편한 것을 느끼며 약속 장소로 향했다.

13화

덫

"하나가 힘들었겠지?"

"스파르타 식으로 배우면 빨리 성장하는 법이야."

줄거리 회수를 완료한 A가 B에게 말했다. 둘은 사무실에서 NF3908과 관련된 자료를 찾는 중이었다.

"잠시 혼자만의 시간이 필요하다면서 나갈 정도면 꽤 힘들었다는 얘기 아니겠어?"

하나는 줄거리 회수 후 리얼 생강차를 들고 자신만의 시간이 필요하다며 곧장 사무실을 나갔다.

"이 정돈 아무것도 아니지. 우리가 선배 밑에서 배울 땐 더 힘들었어. 하지만 덕분에 실력은 확 늘었지."

"하긴, 그땐 너도 나도 힘들었어. 당시 최고 주가를 달리던 선배가 신입 굴리기로도 유명했었잖아. 그래서 그 선배가 내 사수가 되었다고 들었을 땐 사표를 써야 하나 진지하게 고민했다니까. 그런데 어느 날 일을 관두셨다고 해서 정말 깜짝 놀랐어. 퇴사를 고민하고 있을 줄은 전혀 몰랐거든."

B가 과거 회상에 잠겼다.

"가만 보면 넌 하나를 직원으로 여기는 것 같아. 하나에게 스토리텔러처럼 혹독하게 굴 필요 없어. 이번 업무 끝나면 웬만해선 볼일 없잖아."

"너, 하나를 꽤 맘에 들어 하는 것 같더니."

"앞으로 못 보는 건 사실이니까."

업무가 종료되면 사회에서 겨우 만나거나, 접점이 없다면 그마저도 어려울 터였다. 게다가 직업 특성상 쉴 땐 시간이 많아도 일이 몰릴 땐 힘에 부칠 정도였다. A와 B처럼 지명도 높은 스토리텔러들은 더더욱 개인 시간이 부족했다.

"하긴, 너는 주말 없이 일하다가 쉬는 날이면 자기 관리랍시고 지부 헬스장에 붙어사니 더 그렇긴 하겠네."

"건강하게 오래 살아야지."

"너처럼 일하면 단명할 것 같은데."

"얼른 조회나 해."

"근데 윗선에 보고 안 해도 괜찮겠어?"

컴퓨터 앞에서 B가 주저하며 물었다.

"책 속으로 향하는 문이 분실됐을 때도 오보라고 했던 사람들이야. 그들은 우리 패를 다 알 텐데 우린 누가 이 일에 가담했는지도 몰라. 그런데 우리가 뒤를 밟고 있다고 굳이 알릴 필요가 있을까?"

B는 천천히 고개를 끄덕였다.

"근데 B 너, 설마 X의 끄나풀 뭐 그런 거 아니지?"

"어? 절대 아니야!"

"놀라기는. 명단 추리고 신상 정보도 파악해 줘."

"어디 가게?"

"응."

"어디?"

"덫을 놔야지. 확 전부 낚아 버리게. 어쩌면 내가 낚일 수도 있고."

A는 서류를 팔꿈치에 끼고 사무실을 나섰다. 긴 복도를 걸어 코너를 돌아 엘리베이터를 타고 맨 꼭대기 층의 버튼을 눌렀다. A는 초조하게 시간을 확인했다.

엘리베이터의 도착음이 울리고 문이 열렸다. A는 전시된

유서 깊은 도자기를 지나 커다란 문 앞에 당도했다. 잰걸음에 그의 근육은 약간 긴장한 상태였다. 노크하자 안에서 목소리가 들렸다.

"네."

상갑은 서류를 산처럼 쌓아 두고 검토하고 있었다.

"어디까지 진행되었나요?"

"거의 마지막 단계입니다."

"역시 창작부 에이스답군요. 업무 처리 속도가 확실히 빠릅니다."

"이건 지원 요청 결재 서류입니다. 확인하시고 사인 부탁드립니다."

A는 이사장에게 끼고 온 서류를 펼쳤다. 상갑은 서류를 읽어 보지도 않고 서명했다. 필요한 사안이니 기안했으리라 여긴 모양이었다.

"새로운 프로젝트를 진행하신다고 들었습니다."

"공식적으로 발표한 적 없는데도 소문이 참 빠르군요. 지난 임원 회의에서 이미 통과됐고, 세부적인 사항만 조정하면 됩니다."

"그러시군요."

"자잘한 일이 어찌나 많은지 일손이 부족합니다. 이번 일 마무리되는 대로 센터장을 맡는 건 어떤가요."

"아직 그렇게 큰 자리를 받을 수 없습니다."

"능력을 보고 제안하는 겁니다. 중요한 사업에 아무나 앉힐 수 없잖아요?"

"제 능력을 높이 평가해 주신 것은 감사합니다. 하지만 전 지금 하는 일에 만족합니다."

A는 상갑의 제의를 정중히 거절했다.

"적임자라고 생각했는데 아쉽군요. 그동안 해 오던 대로 중앙지부에서 열심히 일해 주십시오. 이건 이번 새로운 프로젝트 기획안인데 읽어 보고 추천할 만한 사람을 좀 말해 주세요. 특히 플레이어 구하는 일이 매우 급한데, 보다시피 이것 말고도 결재해야 할 일이 좀 많아야지요."

"지금 딱 떠오르는 인물이 한 명 있습니다."

A는 씩 웃으며 'VR 콘텐츠 제작 센터 설립'이라고 적힌 기획안을 건네받았다.

"누구죠?"

"이사장님도 잘 아시는 인물입니다."

"허허, 누구인데 이렇게 뜸을 들일까요?"

"내일 이곳으로 곧장 보내도록 하겠습니다."

"더 있다간 스무고개라도 하겠군요."

상갑은 서류 더미 중에 가장 위의 것을 꺼내었다.

"상장 패가 더 늘었습니다."

A는 상갑이 앉은 곳 맞은편에 전시된 상장 패와 각종 트로피를 보았다.

"나만큼 살다 보면 상장 패 같은 건 자연스레 늘게 돼 있습니다. A는 분명 나보다도 많이 받을 겁니다. 이름 앞에 붙는 수식어가 워낙 많으니 말입니다."

"자세히 봐도 되겠습니까?"

"열어서 봐도 좋습니다."

허락이 떨어지자 A는 진열대 유리문을 열고 트로피를 만졌다. 크고 작은 트로피들이 빼곡하게 줄지어 있었다. 어떤 것은 투명한 수정이었고, 어떤 건 진짜 금이었다.

"몇 개 팔면 돈이 되겠습니다. 이런, 제가 실례되는 말씀을 드렸군요."

"도금된 것을 본 모양이군요. 정확히 세어 보지 않아서 몇 개 없어져도 모를 겁니다. 그러니 훔치려거든 얼른 훔치세요."

상갑이 우스갯소리를 했다. 상갑은 트로피 부자답게 대인

배적인 면모를 보였다.

"10분 후 회의가 있는데 혹시 더 보고할 일이 있습니까?"

"아니요, 없습니다. 바쁘신데 제가 시간을 뺏었군요."

"아닙니다. 다음에 볼 때는 모든 줄거리를 회수한 뒤였으면 좋겠군요. 기획안 읽어 보고 마음이 바뀌면 말해 주시죠."

* * *

"이걸로 조각이 모두 모였네요."

기운을 차린 하나가 말했다.

"하지만 NF3908이 깨지기 전으로 돌아갈 순 없어. 깨진 유리그릇이 예전의 모습이 될 수 없는 것처럼."

B는 하나에게 NF3908을 건네받았다.

"본드로 붙이면 되죠. 요새 본드가 얼마나 잘 나오는데요. 유리그릇 깨진 것 정돈 티도 안 나게 붙어요."

"겉으론 잘 붙은 것처럼 보여도 속은 제대로 안 붙을 수 있어. 그러니까 내 말은 깨지기 전 상태로 돌아갈 수 없다는 의미야. 본드로 붙인 건 깨진 조각을 이어 붙인 상태잖아. 깨지기 전과는 전혀 다른 상태지."

"뭔가 어렵네요."

"너무 어렵게 생각하지 마. 어, 그러고 보니 이것도 하나다! 아, 미안."

B가 자신의 말장난에 만족한 듯 컴퓨터 앞에서 히죽거리다가 하나의 얼굴을 보곤 곧바로 사과했다.

"뭐 하는 중이에요?"

"서류 정리. 업무가 빙의뿐만이 아니라서 보고서 작성할 게 산더미거든. 줄거리를 모두 회수했으니까 빨리 작성하고 상부에 보고 올려야지."

마치 무언가를 숨기기라도 하는 듯 B는 하나와 눈 한번 맞추지 않고 속사포로 설명했다.

"아저씨는 어디 갔어요?"

"A는 어, 잠시 바람 쐬러 나갔어. 곧 돌아오겠지."

하나는 두루뭉술하게 대답하는 B를 의심 가득한 눈으로 쳐다보았다. 아니나 다를까, B가 슬쩍 곁눈질하다가 하나와 눈이 마주치자 놀라 어깨를 살짝 들썩이곤 얼른 시선을 피했다. 눈이 마음의 창이라서 상대와 눈을 맞추는 것에서부터 관계가 시작된다고 말한 장본인이 눈을 피하다니, 하나는 이상하다고 생각했다.

"NF3908 좀 봐도 되죠?"

하나는 묻는 동시에 책상에 올려진 조각들을 모조리 집어 들었다.

"어차피 깨져서 제 역할도 못 하잖아요."

그 역할이란 책 속으로 향하는 게이트를 여는 것을 의미했다. 깨진 조각들은 책 속에서나 줄거리를 비틀어 버리지, 현실에서는 그냥 조각난 자수정이자 기능을 상실한 도어락 같은 거였다.

하나는 조각들을 가져가서 원래 모양으로 맞췄다. 여섯 개로 조각난 책 속으로 향하는 문. 하나는 다 맞춘 NF3908을 손 위에 올렸다. 그러자 갈라진 틈 사이로 빛이 뿜어져 나왔다. 하나는 혹여 깨진 조각들이 힘을 발휘해 다른 책으로 들어가 버릴까 봐 꽉 붙들었다. 하지만 손 틈 사이로 빛이 새어 나오는 건 어쩔 수 없었다.

"이거, 왜 이래요?"

B는 NF3908에서 빛이 나는 모습을 보고선 놀라 문서 작업을 멈추고 하나 곁으로 달려갔다.

"뜨겁거나 아프진 않아?"

이래야 B다. 항상 남을 위해 주고 살피는 사람. 고로 자신의 질문에 대충 대답한 행동엔 분명 뭔가 숨겨져 있는 게 틀림없다고 하나는 생각했다.

잠시 후 빛이 점차 사그라들었다. 완전히 빛이 사라지자 하나는 온 감각을 손에 집중했다. 부피감이 있고, 무게감도 느껴졌다. '책 속으로 향하는 문'이 없어지는 그런 사태는 다행히 일어나지 않았다. 하나는 손을 펼쳤다.

"조각이 하나가 되었어요."

어찌 된 영문인지 여섯 조각이었던 NF3908이 온전한 하나가 되었다. 금이 간 흔적조차 보이지 않았다.

"그러니까 조각이, 제가…… 어, 다 붙었어요. 부서진 적 없던 것처럼요!"

놀란 나머지 하나는 말을 더듬었다.

"나도 봤어. 이게 어떻게 된 일이지?"

B는 놀란 하나를 진정시키려 했으나 자신도 흥분한 상태였다. 아무것도 하지 않았는데 날아간 파일이 원상 복구된 것처럼 눈앞에서 '책 속으로 향하는 문'이 저절로 붙었다.

"일단 앉고, 진정해."

"뭐 짚이는 구석이 있는 거죠?"

B가 냉장고에서 리얼 생강차를 꺼내 하나에게 건넸다. 하

나는 받자마자 뚜껑을 열었다.

"천천히 마셔. 사레들면 바닥을 뒹굴 정도로 목구멍이 따가울지도 몰라."

B가 예전에 겪어 본 일인 양 생생하게 말했다. B의 경고에도 불구하고 하나는 남은 생강차를 단번에 마시고 탁 소리가 나도록 페트병을 탁자 위에 올려놓았다.

"이제 말씀해 주세요."

B는 깍지를 껴 턱을 괴었다.

"나도 아직 조각이 어떻게 하나가 되었는지는 모르겠지만, 관련 자료를 좀 찾아봤거든."

A가 B의 사무실로 오라고 했던 날, B가 보이지 않았었다. 하나는 그때 B가 자료실에 갔다고 A가 했던 말이 떠올랐다.

"책 속으로 향하는 문을 게이트라고 해. 현실과 책 세계의 경계에 놓여 있다고 할 수 있지. 즉, NF3908은 두 세계에 존재할 수 있는 물건이야."

"X가 책 속에 NF3908 조각을 심을 수 있었던 것도 그 이유고요."

"그리고 하나 너는 동화자잖아. NF3908 입장에서는 버그와도 같은 존재인 거지. 말했듯이 너는 동화자, 즉 버그이므로 엄밀히 따지면 둘 이상의 스토리텔러가 동시에 들어갈 수 없다는 세 번째 규칙이 깨진 게 아니야."

"무슨 말씀이신지 잘 이해가 안 돼요."

B의 친절한 설명에도 하나는 무슨 말인지 이해하기 어려웠다.

"어떤 것이든 예외가 있는 법이거든. 동화자는 수학에서 말하는 '예외'라는 거야. 법에도 예외 규정 같은 것이 있잖아? 자수정 또한 예외 규칙을 따르는 게 아닐까 싶어. 책과 현실 두 군데에서 모두 존재할 수 있으니까."

그럼 우주의 관점에서 하나의 존재는 예외에 속한 것일까? 하나는 곰곰이 생각했다.

그때 사무실의 문이 열리고 A가 들어왔다.

"어째 사무실 공기가 무겁다? 뭐가 이렇게 진지해?"

"아저씨, '책 속으로 향하는 문'이 하나가 되었어요."

하나가 손가락을 꼼지락거리며 말했다.

"뭐?"

A는 믿기지 않는 듯 NF3908의 겉면을 꼼꼼히 살폈다.

"제가 한 거라곤 조각들을 맞춘 게 다예요. 그런데 갑자기 빛이 나더니 하나가 됐어요."

B는 더 이상 '하나'라는 어색한 농담을 하지 않았다.

A는 NF3908을 물끄러미 들여다보다가 무언가 생각난 듯 서류 더미가 잔뜩 쌓인 책상에서 오래된 책을 들고 왔다. 책표지에 《시간 여행자에 관한 이론 및 고찰》이라고 적혀 있었다.

"이 문헌에서 나오는 시간 여행자 이야기와 비슷해. 그는 책으로 들어가 다른 시간대로 갔어. 그리고 그 시간대에서 컵을 들고 원래 흐르던 시간대로 돌아왔더니 낡고 이 빠진 모습은 온데간데없이 새것이었대."

"그럼, A 네 말은 시간 여행자가 과거의 컵을 현재로 들고 왔다는 얘기야?"

"맞아. 그리고 하나가 앨리스에 빙의했을 때 과거 역사에 따라 옷의 색이 바뀐 건 역사적 사실이어서가 아닌 것 같아. 역사적 사실 때문이었다면 하나가 출판 연도별로 옷의 색이 바뀌었다는 사실을 알고 있어야 하거든. 하지만 그때 전혀 모르는 눈치였어. 맞지?"

"네."

하나는 잘난 체하는 A가 좀 얄밉게 느껴졌다.

"즉, 동화자라서 치마 색이 바뀌었다기보다는 이렇게 해석하는 게 옳을 것 같다. 하나가 시간 여행자이기 때문이라고."

A는 책을 덮어 제목을 가리켰다.

"제가 시간 여행자라고요?"

하나의 머릿속이 뒤죽박죽되었다.

"지금으로선 정확하게 알 수 없지만, 감히 추측하건대 이것은 NF3908의 과거 깨지기 전 모습으로 추정돼. 물론 그건 책이라는 경로를 통해서만 가능한 일이야. 어떤 신묘한 힘으로 합쳐진 게 아니라면 당장 설명할 길은 그것밖에 없는 것 같아."

"그럼 하나가 시간을 거스를 수 있다는 거야?"

B가 조심스럽게 물었다.

"책이라는 경로를 거쳐야만 가능한 일이라고 봐."

"깨진 조각이 합쳐진 게 아니라, 깨지기 전의 모습으로 돌아간 건가요?"

하나가 이해한 것이 맞는지 조심스럽게 물었다.

"어."

캐릭터에 동화하더니, 이젠 시간 여행까지 가능하다는 건가? 하나는 새로운 사실에 어지러울 지경이었다.

"제대로 된 훈련만 한다면 훌륭한 시간 여행자가 될 가능성이 농후해. 이 논문에 따르면 말이야. 자유자재로 시간을 넘나들려면 앞으로 높은 강도의 수련이 필요할 거야."

A가 덧붙이자 B는 너무 놀란 나머지 입을 쩍 벌렸다.

"아니, 아직은 그렇게 대단한 시간 여행자가 아니라고."

A가 B를 툭툭 쳤지만, B는 벌어진 입을 닫을 줄 몰랐다. 하나도 어안이 벙벙한 기색을 감추지 못했다.

"저처럼 동화자이자 시간 여행자인 경우가 있어요?"

"문헌 기록상으론 없지만 가능성은 있어. 최초의 동화자는 실종되어 사망 처리되었지만 거기엔 의문스러운 점이 많았거든. 실종 경로를 추적할 당시, 그가 어느 시점부터 세상에 존재하지 않은 사람처럼 증발했다고 기록돼 있어. 오늘 있었던 일을 토대로 유추해 보면 최초의 동화자는 시간 여행을 한 것이 틀림없어."

A는 누군가를 떠올리듯 잠시 말을 멈췄다.

"그리고 어느 시간대에 갇힌 거고요?"

하나가 말했다.

"최악의 경우, 불의의 사고를 당한 것일 수도 있고."

하나는 믿기지 않았다. 사실 여부를 떠나 믿고 말고는 다른 차원의 문제였다.

"근데 아저씨는 어딜 다녀오신 거예요?"

"몰라도 돼. 하나 너, 이제 집에 가. 빙의 아니, 동화자로서의 네 역할은 여기까지야."

여태껏 일을 마치고 집으로 돌아갈 때 A가 이런 말을 한 적은 단 한 번도 없었다. 그러니까 이제 자수정 조각을 다 모았으니 오지 말라는 건가? 단호하게 선을 긋는 A의 모습에 하나는 왠지 모를 서운함을 느꼈다.

"왜요?"

"NF3908도 다 회수했으니 이제 오지 않아도 돼."

"단물만 쪽 빨고 이젠 넌 필요 없으니 가라는 거예요?"

하나가 A를 노려보았다.

"임무를 완수했으니 하는 말이잖아. 네 역할은 여기까지."

A가 부연 설명을 덧붙였다.

"필요할 땐 마음대로 끌고 와서는 필요 없어지니까 버리는 거예요?"

"버리다니, 그런 거 아니라니까."

B가 놀라 말했다.

"저, 아직 직업 체험 중이에요. 기간 보니까 이달 말까지던데 아직 한참 남았거든요."

"위험해서 그래. 정말이야."

"B가 그랬잖아요. 스토리텔러는 빙의만 하는 게 아니라 마무리까지 해야 한다면서요. 서류 작업도 해야 하고요. 그럼 당연히 위험한 일도 해야죠. 말씀드렸다시피 전 현재 직업 체험 중이고, 그 체험에는 이 일도 포함된다고 생각해요. 그리고 저 없었으면 이 일, 시작도 못 했을 거잖아요."

A가 한숨을 쉬었다.

"내 가르침이 싫다며."

"그럼 아저씨는 좋아서 같이 일했어요? 해야 하니까 같이 한 거지."

"이왕이면 이 일이 마음에 들었다고 하지 그래."

"아저씨한테 그런 입에 발린 소리는 안 통하는 거 알고 있거든요."

"잘 아네. 그래, 뭐. 알겠어. 그럼 계속해."

"A! 이건 정말 위험한 일이야. 다시 생각해."

B가 반기를 들었다.

"상황이 위험하다고 판단되면 바로 빠져. 그땐 철저히 외부인이야."

어떠한 피해도 보면 안 되니까, A가 뒷말을 삼켰다.

"위험해지면 아저씨가 더 도와달라고 붙잡아도 도망갈 거예요."

하나가 장난스러운 미소를 지었다.

"아저씨라는 호칭이 잘 어울리네. 그러고 보니 하나가 아저씨라고 해도 뭐라고 안 한 지 꽤 오래됐다. 적응했어?"

B가 놀리듯 말했다.

"서하나, 호칭 똑바로 해."

A가 냉장고에서 리얼 생강차를 꺼내 B 옆에 앉았다.

"한번 아저씨는 영원한 아저씨죠."

"어른을 놀려?"

"아저씨는 맨날 나 놀리면서."

"내가 언제?"

"그래도 좋은 거예요. 더 늙어서 할아버지가 되어도 아저씨잖아요. 불멸의 아저씨."

하나가 킥킥대며 놀렸다.

"와, A는 좋겠다. 꼬부랑 할아버지가 되어도 아저씨라니, 부럽네."

"야!"

A가 일어나자 B와 하나는 빠르게 도망갔다.

14화
날씨는 아주 맑음

"맨 꼭대기 사무실로 와."

A의 문자를 받은 하나는 중앙지부에 도착하자마자 곧장 엘리베이터에 올라탔다. 다른 설명도 없이 몇 호 사무실인지도 알려 주지 않고 무작정 사무실로 오라는 건 무슨 심보일까. 한 칸씩 열어서 확인하라는 걸까.

마침내 엘리베이터가 꼭대기 층에 도착했음을 알렸다. 문이 열리고, 하나는 알게 되었다. 굳이 모든 사무실을 열어 보지 않아도 된다는 것을. 엘리베이터에서 사무실까지 긴 레드카펫이 깔려 있었고, 그 끝에 사무실이 있었다. 그리고 양옆으로 1미터 남짓 되는 아테네 신전 기둥 미니어처들이 일렬로 줄을 지어 서 있었다. 그 위에 유물들이 전시돼 있었는데, 찻잔과 찻주전자, 어른 몸통쯤 되는 토기 그릇, 정체를 알 수 없는 형이상학적인 물건까지 다양했다. 중세 시대 서양 궁중에서나 볼 법한 커다란 문 앞에 도착하자 문이 저절로 열렸다. 하나는 이곳에 온 이유를 망각한 채 분위기에 압도되었다.

"반가워요, 서하나 학생."

드문드문 난 흰머리를 점잖게 빗어 넘긴 남자가 말했다. 남자는 '대한스토리텔링협회 이사장 진상갑'이라고 적힌 명함을 내밀었다. 하나는 이사장에게 명함을 받을 때까지도 인사를 잊고 멍하게 집만 한 크기의 사무실을 둘러보았다. 비싸 보이는 장식품들, 한쪽 벽면을 대신한 상패와 트로피들. 적재적소에 쓸 수 있도록 잘 정돈된 물건들은 필시 전문가가 관리해 주는 것이리라, 하나는 생각했다.

"편하게 앉아요."

하나는 사무용 책상을 가운데 두고 마주 보고 앉는 게 과연 편한 것인지 의문이 드는 것도 잠시, 권하는 자리에 앉으니 그 의문이 해결되었다. 의자 감촉이 무척이나 부드러웠다.

"보고받았어요. A를 도와서 줄거리를 회수했다고요."

"네."

거의 하나가 한 거나 다름없었으나 정정할 새도 없이 무거운 사무실 공기에 짓눌려 짧게 대답했다.

"덕분에 그 일은 무사히 마무리되었어요. 아직 직업 체험 기간이 남았다고 들었습니다. 해서 내가 하는 새로운 프로젝트에 참여했으면 좋겠는데 어떤가요?"

"회사 프로젝트면 장기적인 일 아닌가요?"

하나가 고개를 기울이며 물었다.

"간단한 일이에요. 지금까지 해 왔던 대로 하면 되니까 새로 배울 것도 없어요. 생활기록부에 한 줄이라도 더 적으면 좋지 않아요?"

이사장이 수완 좋은 사업가처럼 하나를 살살 구슬렸다.

"제가 뭘 하면 되는데요?"

* * *

익숙한 중압감이 사라졌다. 지금쯤이면 강렬한 빛에 일순간 앞이 안 보이는 경험을 하지 않고 자연스럽게 눈을 뜰 수 있을 것이다. 아득해진 감각 중에 가장 먼저 돌아온 건 청각이었다. 끼룩끼룩 갈매기 울음과 배경음악 같은 파도 소리.

타닥타닥. 하나는 불쏘시개가 된 자작나무가 타들어 가는 모습을 통나무에 앉아 지켜보았다. 그리고 어깨에 느껴지는 생소한 무게감은…… 우쿨렐레였다. 하나는 서둘러 줄을 퉁겨 보았다.

"아, 이러고 있을 때가 아닌데!"

하나는 상갑에게 돕겠다고 말하자마자 작품에 동화된 탓에 제목이 무엇인지도 몰랐다. 우쿨렐레를 통나무 옆에 내려 두고 길게 뻗은 해안가를 따라 걸었다. 소임을 다하고 사라지듯 해안가로 밀려온 너울이 하얀 거품을 내다가 모래와 함께 쓸려 나갔다. 얼마나 걸었는지 짐작도 가지 않을 정도로 가도 가도 끝없는 하얀 모래가 이어졌다. 마치 무한 루프에 빠진 것만 같은 착각이 들 정도였다. 지구에서 가장 긴 해안가도 이것보단 짧을 거라고 하나는 생각했다.

조개껍데기에 손을 대자 "조개껍데기입니다"라는 단순한 메시지만 떴다. 나뭇가지나 돌, 이따금 밀려오는 미역을 만져도 상황은 비슷했다. 해안을 벗어나려고 하면 오류가 떴고, 바다로 들어가려고 하면 수영 레벨이 낮다는 경고창이 뜰 뿐 어디에 들어와 있는지 단서가 될 만한 것이 없었다.

하나는 눈을 떴던 곳으로 되돌아갔다. 체감상 해안가를 따라 걸은 시간의 절반도 채 걸리지 않았다. 바람에 따라 장작

불이 춤을 췄다. 파도는 기록을 경신하려는 듯 점점 더 가까이 밀려왔다. 바람이 세차게 불자 통나무 옆의 우쿨렐레가 넘어지려고 했다. 하나는 잽싸게 우쿨렐레를 잡아챘다.

▶▶ '숙련자의 우쿨렐레'입니다. 음악성이 5 증가하였습니다. 연주해 보시겠습니까?

아까 우쿨렐레를 쳤을 땐 왜 아무런 알림이 뜨지 않았을까? 하나는 의아해 했지만 곧 뭐라도 할 수 있다는 사실에 안도했다. 오른손으로 부드럽게 줄을 쓸어내렸다. 운지법을 전혀 모르지만, 음악성이 증가했다니까 쳐 봐도 상관없지 않을까 싶었다.

▶▶ '지나가던 여행자'가 당신의 연주에 관심을 표합니다.
〈긴급 퀘스트〉 심금을 울리는 연주를 해 주세요.
〈보상〉 해안가 근처 건물을 매입할 수 있습니다.
〈실패〉 우쿨렐레 연습 후 다시 도전해야 합니다.

하나는 주위를 둘러보았다. '지나가던 여행자'라면 누군가 있다는 뜻이다. 하지만 해안가 그 어디에도 사람이라곤 보이지 않았다.

"아무도 없다 생각하고 편하게 치라는 건가?"

그렇다면 사양하지 않고 열심히 쳐 주겠어, 하나는 마구 줄을 튕겼다. 손이 가는 대로, 마음 가는 대로 쳤다. 음계니, 화음이니 모르겠고 그냥 신이 났다. 내친김에 노래도 불렀다.

▶▶ 그만, 그만! '지나가던 여행자'는 귀를 틀어막습니다. "세상에 이런 음치는 없어!"라는 평을 남기고 사라집니다. 긴급 퀘스트에 재도전하시겠습니까?

"내 노래가 뭐 어때서! 노래방에서 항상 90점 이상 나왔다고. 부모님도 잘한다며 손뼉까지 쳐 주셨어. 엄마, 아빠가 거짓말을 하실 수도 있지만 기계는 못할 텐데."

하나는 곰곰이 생각해 보았다. 그러고 보니 보미와 단둘이 노래 연습장에 갔을 때 하나가 1절을 부르기 시작한 지 10초도 지나지 않아 보미가 음료수를 사 오겠다며 나갔고, 그 뒤로 한참 동안 오지 않았다. 돌아가는 버스 안에서 어디 갔었냐고 살짝 물어보자 시선마저 피했다.

"바로 재도전."

▶▶ '지나가던 부동산 중개인'이 당신의 연주에 관심을 표합니다.

〈긴급 퀘스트〉 영혼을 울리는 연주를 해 주세요.

하나는 퀘스트를 보고 씩 미소 지었다. 헤비메탈만큼 영혼을 울릴 만한 건 없지. 하나는 머리를 격하게 흔들며 우쿨렐레 줄에 불이 나도록 연주했다. 음치라고 했던가. 그러나 헤비메탈 세계에선 그저 자장가나 세레나데처럼 잔잔한 수준이었다. 이번엔 더욱 발을 구르고, 상모 돌리듯 머리를 돌리고, 저 멀리까지 뜀뛰기를 했다가 제자리로 돌아왔다. 어찌나 열정적이던지 가장 얇은 줄이 끊어지고 말았다.

▶▶ 그대의 열정 넘치는 연주에 감탄할 따름입니다. "내 취향은 아니지만 영혼을 넘어서 경종을 울릴 뻔했다"라고 '지나가던 부동산 중개인'이 한 줄 평을 남깁니다.

경종을 울릴 뻔했다니, 하나는 제 연주가 무기가 될 수 있음을 깨닫고 자중해야겠다고 다짐했다. 뒤이어 숙련자의 우쿨렐레가 레벨 업했다는 알림창이 떴다.

▸▸ 해안가 근처 건물을 매입할 수 있습니다. '지나가던 부동산 중개
인'이 마침 좋은 매물이 나왔다며 소개하고 싶어 합니다.

방금까지도 자중하겠다던 하나는 건물을 살 수 있다면 지
금 당장 몇 곡 더 연주할 수 있다는 자신감으로 가득 찼다.

▸▸ '허름하지만 뷰 맛집' 건물이 개방되었습니다. 이동하시겠습니
까?

이동하기를 누르면 걷지 않고도 건물로 갈 수 있나? 하나
는 문득 궁금해졌다. 이 모든 것이 게임 같다고 느꼈다. 곧 주
위가 환해지고 몸이 붕 떴다.

* * *

같은 시각, VR 콘텐츠 제작부 사무실의 직원들은 연신 울
리는 전화를 받느라 정신이 없었다.

"시스템 좀 확인해 주세요. 지금 프로토 타입 시연 중이거
든요."

"네, 안녕하세요. VR 콘텐츠 제작부 3팀인데요, 서버가 멈
춘 것 같아서요. 확인 부탁드립니다."

"보안 관리팀이죠? 프로토 타입을 돌리는 중인데 갑자기
서버가 멈춰서요. 바쁘신 거 알죠. 출시 직전이라 급하네요. 안
정성 평가요? 당연히 통과했죠. 네, 네."

전화를 끊으면 또 오고, 끊으면 대기 전화가 오고, 또 오
고…… 끝이 없었다.

"알 수 없는 오류라니요. 그렇게만 말씀하시면 어떡합니까.
지금 프로그램을 돌리고 있는 상황입니다. 콘텐츠 안에는 스
토리텔러도 있어요. 빨리 처리해 주세요."

이 주임이 서버에 갇힌 스토리텔러를 핑계로 재촉했다. 사
실 핑계가 아니었다. 정확히는 스토리텔러가 아니었지만, 서버
에 갇힌 사람이 있는 건 맞으니까.

"하필이면 갇혀도 일반인이 갇혔대, 골치 아프게."

이 주임이 전화를 끊으며 말했다.

"제 말이요. 이사장님은 플레이어를 골라도 하필 일반인을
고르셔서는. 직전 시연 때까지는 전문 스토리텔러를 쓰시더니,

갑자기 무슨 바람이 불어서 초짜를 데려다 쓰신 걸까요?"

김 사원이 볼멘소리로 토로했다.

"혹시 이사장님의 친척 아닐까요? 낙하산."

"아직 고등학생이래요. 낙하산은 무리예요."

하 대리가 한마디로 의혹을 일축했다.

"서버가 여전히 멈춘 상태인가요?"

"네. 보안 관리팀 말로는 작업하려면 10분 정도 더 걸린답니다."

"그동안 숨 좀 돌려요. 서버가 멈춘 것도 좋은 면이 있네요."

팀원들이 하나둘 탁자에 앉아 커피를 홀짝이거나 과자를 야금거렸다.

"언론사들이 얼마나 눈치가 빠른지, 콘텐츠 출시 앞두고 정보 새어 나가는 거 막느라 정신이 하나도 없어요."

"발표한 적도 없는데 어떻게들 아는 건지, 안 그래도 바빠 죽겠는데 단독 취재 부탁한다고 자꾸 연락이 와요. 서버 터지지 않게 모니터하는 것도 정신없는데."

"어머, 자기한테도 연락 왔어? 자꾸 단독 취재하고 싶다고 끈질기게 부탁하더라니까. 이 사달 난 게 꼭 어제 전화한 기자 때문인 것 같아."

최 차장이 말했다.

"아니, 근데 어제까지만 해도 잘 굴러가던 서버가 왜 갑자기 멈췄을까요?"

"버그만 아니면 좋겠어요. 버그 잡는다고 몇 날 며칠 눈이 빠지게 찾았던 거 생각하면 어휴, 두 번은 못하겠어요."

"서버 정상 작동합니다. 다시 업무 재개하세요."

강 부장의 명령으로 부서가 일사불란하게 움직였다.

"어? 부장님! 뭔가 이상한데요? 데이터가 다 삭제되고 있어요."

"뭐?"

"백업 파일은?"

"모두 지워진 상태입니다."

"이거, 어떡하죠?"

"당장 보안팀에 연락해!"

"보안팀도 먹통이랍니다."

제작부 3팀은 단체로 머리를 움켜쥐었다.

"내 밤샘 결과물들이! 영혼까지 갈아 넣었는데!"

"뭐해, 당장 복구해!"

부장은 애먼 프로그래머들을 달달 볶았다. 사무실 내 모든 컴퓨터가 꺼졌고, 까만 모니터에 X라는 한 글자가 흰색 볼드체로 떴다.

"X? 아…… X."

"X, 이것을!"

"컴퓨터가 안 켜져요. 어떡해요, 부장님."

"아, 저…… 어, 어떻게 좀 해 봐!"

당황한 부장이 말까지 더듬었다. 이 주임이 전문 프로그래머들 사이에 껴서 까만 화면에 명령어를 쳤지만 전부 '실행 불가'라고 떴다.

"복구가 불가능해요. 서버가 완전히 다운됐어요."

사망 선고와도 같은 프로그래머의 진단에 VR 콘텐츠 제작부 사무실에 먹구름이 꼈다. 직원들이 할 수 있는 건 그저 황망하게 창밖을 바라보는 것뿐이었다. 하늘은 구름 한 점 없이 해가 쨍쨍했다. 날씨가 그 어느 때보다 맑았다.

15화
신학기

하나는 커튼 사이로 들어오는 햇살에 눈을 떴다. 잠이 덜 깬 듯 몇 번이나 더 눈을 끔뻑거리다가 허둥지둥 스마트폰을 켰다. 어느 인터넷 신문사든 상관없이 가장 조회 수가 높은 건 스토리텔링협회 이사장에 대한 폭로 기사였다. 관련된 동영상 뉴스도 끊임없이 올라왔다.

"최근 논란의 중심이 된 대한스토리텔링협회 전 이사장 진 모 씨의 추가 범행이 밝혀져 사람들의 공분을 사고 있는 가운데, 앞으로 긴 법정 공방이 이어질 것으로 예상됩니다."

앵커에서 기자로 화면이 전환되었다.

"VR 콘텐츠 센터를 무리하게 지으려던 진 모 씨는 임원들로부터 반발을 사 좌절하던 중, X를 만나게 되었다고 진술하였습니다. 경찰 조사에 따르면 진 모 씨는 센터 수립을 돕는 조건으로 '책 속으로 향하는 문' NF3908을 X에게 넘기고, 불특정 다수 소설의 줄거리가 파괴되는 것을 묵과한 것으로 드러났습니다. 한편, VR 콘텐츠 제작물의 삭제는 X의 소행으로 보고 경찰이 추가 조사에 나섰습니다."

동화자를 제 입맛대로 활용하려 하더니, 쌤통이다! 하나는 스마트폰 화면을 끄고 책상 앞에 앉아 노트 사이에 끼워 둔 자기소개서를 꺼냈다. 학기가 바뀌었으니 꿈이 달라졌을 수 있다며 선생님께서 다시 나눠 주신 거였다. 종이를 보자 새삼 중앙지부에서 직업 체험한 지 벌써 반년이 흘렀음을 느꼈다.

장래 희망: 스토리텔러.

하나는 장래 희망란에 뭘 적어야 할지 망설였던 반년 전과 다르게 거침없이 적었다. 이번 학기엔 직접 중앙지부에 직업 체험 신청서를 제출했다. 대기자가 워낙 많은데다 지난번처럼 특수한 경우가 아니라서 떨어질지도 모르지만 기다릴 만한 가치가 있다고 판단했다. 벽에 붙여 둔 폴라로이드 사진을 들여다보았다. 중앙지부 건물을 배경으로 하나 왼쪽에는 A, 오른쪽에는 B가 서 있었다. 뒷면에는 굵은 글씨로 "미래의 후배에게, A"라고 적혀 있었다.

헤어지던 날, B가 사진을 찍어 주겠다며 건물 앞에 서 보라고 했다. A는 IT 강국에서 촌스럽게 무슨 폴라로이드냐면서 투덜댔고, B는 스마트폰 사진보다 소중히 간직할 수 있을 거라며 강력하게 주장했다. 구시렁거리며 하나 옆에 선 A는 끝까지 냉소적인 표정으로 일관했다.

그날 이후로 서로의 얼굴을 못 본 지 한참이 지났지만 B는 여전히 하나에게 친절했다. 매일 스토리텔러와 관련된 기사를 스크랩해서 메신저로 보내 주었다. 바쁜 일정 속에서도 챙겨 주는 것이 고마워서 하나는 보내 준 기사를 꼼꼼히 읽었다. 잘 지내는지 궁금해서 제 안부를 종종 메신저로 전했는데, B로부터 답장은 아직 한 번도 받지 못했다.

경찰은 아직 X를 잡을 만한 실마리를 찾지 못했는지, A가 그토록 싫어하던 X에 관해서는 짤막한 기사 한 줄이 없었다. 앞으로도 X의 공격은 계속되겠지만, 하나는 오히려 기대되었다. 활동이 많아질수록 단서가 많이 생기는 법이니까.

* * *

A는 사무실에 비치된 의자에 앉아 있었다. 어제 저녁부터 내내 야근한 탓에 약간 지친 상태였다. NF3908 수거 이후 잠시 쉬기 위해 휴직계를 냈는데 무슨 연유인지 반려되었고, 오히려 업무량이 더 늘었다. 진상갑이 구속된 이후 종종 모르는 번호로 자기 작품을 제발 한 번만 봐달라고 사정하는 이들의 연락이 많아진 것도 늘어난 업무량에 한몫했다.

A는 푸석해진 머리를 정돈하고 구내식당으로 향했다. 연달아 야근했더니 요 며칠 식사를 제대로 한 기억이 없었다. 업계 1위를 유지할 것. A의 오랜 목표였다. 하지만 최근의 일로 부동의 목표가 바뀌었다. 건강하게 오래 살 것. 이 목표는 '건강하게'라는 조건이 무엇보다 중요했다. 그러니 식사도 되도록 규칙적으로 해야 했다.

"A! 오랜만이야."

B가 활기찬 목소리로 인사했다.

"기사 봤어? 전 이사장님, 뉴스에 나왔더라. 얼굴이 엄청 초췌하더라고."

"범죄자 안색이 밝으면 그건 뭔가 잘못된 거지. 죄짓고 맘 편히, 몸 편히 산다면 누구라도 범법 행위에 동조할걸."

"그런가."

B가 머리를 긁적였다.

"진상갑이 범인인 건 언제부터 알았어?"

"좀 됐어. 서하나의 직업 체험 신청서를 누군가 주기적으로 열람하더라고."

"그래서 열람자를 조회해달라고 말했던 거구나."

B는 컴퓨터 화면을 뚫어져라 쳐다봤던 기억을 떠올렸다.

"업무 관련자들을 제외하면 진상갑만 남는데, 할일 많은 양반이 고등학생 직업 체험 신청서까지 보는 건 아무래도 수상하잖아. 보고하러 갈 때마다 늘 바쁘다는 사람이 말이야."

"하나가 영리하게 영상 자료를 받아 온 건 신의 한 수였어."

"맞아, 다행이었지."

"만약 그 자료가 없었다면 제보 못했을 거야. 영상 자료를 하나에게 넘긴 건 진상갑이 제 무덤을 판 거나 다름없어."

하나는 학교 제출용 직업 체험 자료가 필요했는데, 마침 VR 콘텐츠팀이 녹화한다고 해서 플레이어로 참여한 콘텐츠 영상을 달라고 요청했더랬다. 어리바리한 신입은 편집도 하지 않은 영상을 하나에게 메일로 보내 주었고, 하나는 그 메일을 A에게 전달했다.

"이사장이 플레이어를 찾고 있는 건 어떻게 알았어?"

"정말 급한 거였다면 나한테 직접 명령했겠지. 그런데 진상 갑은 훈련되지 않은 일반인인 서하나를 투입했어. 뭐, 우리의 테스트 결과는 항상 상부로 보고되니까, 서하나의 결과도 살펴봤겠지. 감응도 100퍼센트인 걸 확인하고, 서하나가 동화자인 걸 그도 알았을 거야."

두 사람은 마지막 계단참을 돌았다. 한 구간만 더 내려가면 구내식당 입구였다.

"처음엔 감응도가 좋은 스토리텔러를 데려다 썼을 거야. 하지만 시간이 지날수록 느낀 거지. '플레이어'와 '스토리텔러'는 다르다는 걸 말이야. 빙의는 NPC(Non-Player Character), 즉 플레이가 불가능한 캐릭터를 연기하는 것과 흡사해. 그러니 아무리 감응도가 좋은 스토리텔러를 찾아도 의미 없는 일이지. 필요한 건 퀘스트를 수행할 '플레이어'니까."

"진상갑은 퀘스트를 수행할 수 있는 사람이 있는지를 주시했던 거구나. 마침, 하나가 줄거리 회수를 통해 퀘스트를 수행할 수 있다는 걸 확인했고."

"서하나가 소설에 동화될 때마다 퀘스트를 수행했다는 것 자체가 이미 플레이어로서 자질을 나타낸 거였어. 퀘스트를 어떻게 해결하느냐는 수행하는 사람의 주관이 들어갈 수밖에 없으니까."

"흠, 정해진 연기만 하는 스토리텔러와 다른, 플레이어가 필요했던 거였구나."

A는 수저와 식판을 들었다. 반찬은 불고기였다. 상추쌈을 입에 한가득 집어넣을 요량으로 고기반찬을 양껏 펐다.

"너, 예전과 식성이 많이 달라진 것 같다."

"뭐가."

A가 퉁명스럽게 말했다.

"간이 된 음식은 죄악이라고 비린내 나는 닭가슴살만 먹어대더니, 양념 범벅인 불고기를 식판 가득 담았잖아."

"도저히 닭가슴살을 챙겨 먹을 짬이 안 나. 차라리 구내식당에서 주는 대로 먹는 게 더 건강하겠더라고. 너도 요새 배당량이 늘었지?"

"응, 나도 밥만 먹고 또 가야 해."

"어느 작가 책인데?"

"이번에 신인상 받은 작가래. 차기작으로 공포 스릴러물을 썼다던데."

"잘됐네. 너 공포 싫어하잖아. 보가트, 너무 무서워!"

A가 B를 흉내 내며 놀렸다.

"하, 이상한 성격은 그대로네. 고기나 먹어."

B는 제 식판 위의 불고기 한 점을 A에게 양보했다.

"예전에 네가 말해 준 실험 기억나?"

"무슨 실험?"

"미국에서 했다던 그 설문 조사 말이야."

A는 곰곰이 생각해 보았다.

"아, 그 눈을 맞춘 그룹과 그렇지 않은 그룹을 대상으로 설문조사했다던 실험?"

"응."

"그걸 아직도 기억하고 있었냐? 풉, 순간적으로 지어낸 얘긴데."

B가 젓가락질을 순간 멈췄다.

"너, 어떻게 그런 거짓말을! 하나에게도 말해 줬는데!"

"걘 그걸 믿디?"

"야! 너 때문에 고등학생을 대상으로 거짓말한 사람이 됐잖아."

B가 자괴감에 머리를 감쌌다.

"너야말로 고기나 먹어."

A는 B가 양보한 고기를 돌려주었다.

삐빅, B의 스마트워치가 울렸다.

"일이야. 먼저 갈게. 식판 좀 대신 버려줘."

B는 먹지도 못하고 서둘러 일어났다. A는 대충 손만 휘저으며 인사하고 입안 가득히 불고기 쌈을 욱여넣었다. 역시 고기는 양념 된 게 맛있지. A는 B가 남긴 불고기를 집었다.

삐빅, 공포의 알람이 울렸다.

"하, 아직 덜 먹었는데!"

A는 남은 음식을 빠르게 입안으로 밀어 넣고 식판을 들고 자리에서 일어섰다.

괴물 같은 신입

"대위 함태준, 전역 신청하겠습니다."

태준이 그렇게 말한 날, 부대 전체가 발칵 뒤집혔다.

"아니, 왜?"

대대장이 펄쩍 뛰며 물었다. 이제 곧 소령인데 아깝지 않으냐고 태준을 뜯어말렸다. 그도 그럴 것이 태준은 임관 이후 사고 한번 친 적 없었고, 육군사관학교 생도였을 때부터 쭉 엘리트 코스만 밟아 온 바른 생활의 표본이었기 때문이다. 어떤 명령에도 토를 달지 않았으며, 규칙과 질서를 제 목숨같이 지켰다. 그래서 동기 중에서도 가장 먼저 진급했고, 후배들에겐 선망의 대상이었다.

대대장은 태준을 끈질기게 쫓아다니며 "전역은 불가하다"

라고 공공연하게 말했다. 내가 실수한 거 있냐, 그럼 넓은 마음으로 용서해라, 군 경력만 10년인데 아깝지 않으냐, 지구 끝까지 쫓아가서라도 부대로 다시 끌고 올 거다, 지금이라도 늦지 않았으니 마음만 바꾸면 다시 군 생활할 수 있다 등등, 사과와 애원과 엄포를 오가며 설득하기에 바빴다. 그래도 태준이 끝까지 전역하겠다고 말하자 대대장은 격양된 어투로 앞으로의 계획을 물었다.

"대위까지 달았는데 전역해서 뭐 하려고 그래?"

"스토리텔러가 될 겁니다."

몇 달 뒤, 태준은 스토리텔러 공개 채용에 원서를 넣었고, 1차 필기 시험, 2차 체력장, 3차 인성 면접 및 심층 면접에서 만점을 받은 이례적인 케이스로 당당하게 입사했다. 스토리텔링협회가 상시 채용에서 공개 채용으로 전환한 이래로 만점자는 처음이었으므로, 선임들 사이에서는 어마어마한 신입이 들어왔다는 소문이 돌았다.

태준이 월등한 성적으로 연수를 마치고 중앙지부로 배정받았을 땐 5년 내내 연수 교육 담당자였던 중앙지부 소속 창작부 연극과 김 대리마저도 "가르칠 게 없었다"라며 혀를 내둘렀을 정도로 우수했기에 모두가 앞다퉈 자기 부서로 영입하려고 했지만, 직속 사수가 되겠다고 나서는 사람은 없었다.

결국 태준의 사수는 해외 근무를 마치고 입국한 지 얼마 되지 않은, 최고의 주가를 달리던 사람이 맡았다. 아직 태준의 엄청난 소문을 듣지 못한 터라, 그는 창작부 부장으로부터 사수를 부탁받았을 때 냉큼 그러겠다고 대답했던 것이다. 태준을 지도한 지 만 하루 만에 그가 창작부 부장이 왜 저만 보면 도망갔는지 알겠다며 자신의 선택을 땅을 치고 후회했다는 소문이 돌았다.

태준은 첫 모의 빙의 체험 중에 가장 어렵다고 알려진 소설 《잃어버린 시간을 찾아서》를 최단 시간으로 클리어했다. 이후로 태준의 사수는 교육 때마다 코칭하기보다는 소름 돋는 그의 대범함과 능력에 환호성을 지르기 바빴다. 너무도 잘난 후배 때문에 자격지심으로 몇 번이나 사수를 그만두겠다는 그를 부장은 소고기까지 사 먹여 가며 어르고 달랬다. 태준은 신입을 굴리기로 유명한 사수조차도 더는 가르칠 게 없는 괴물 같은 신입이었다.

하나의 첫 번째 동화 여행

하나는 엄마가 동화책을 손에 들자 쪼르르 달려갔다. 올해로 네 살이 된 하나는 엄마가 읽어 주는 동화를 들을 때가 세상에서 가장 행복했다. 엄마의 따뜻한 품속에서 나긋한 목소리를 듣고 있으면 편안함 때문에 어느새 잠들곤 했다. 엄마가 두 페이지 정도 읽었을 땐 이미 깊이 곯아떨어졌다.

"사랑하는 우리 딸, 좋은 꿈꾸길."

엄마는 하나의 볼에 뽀뽀하고 조심스럽게 문을 닫았다. 하나는 《피터 팬》을 꼭 끌어안고 있었다.

* * *

꿈속에서 깨어난 하나는 짙은 안개 속에 혼자였다. 낯선 풍경에도 하나는 씩씩하게 울지 않고 얌전히 기다렸다. 하나가 침착할 수 있었던 건 "길을 잃었을 땐 여기저기 다니지 말고 그 자리에서 기다리면 돼"라는 엄마의 말이 생각났기 때문이었다.

사실, 하나는 전혀 무섭지 않았다. 좀 전까지만 해도 엄마가 읽어 준 동화 내용을 상상하던 중이었다. 어쩌면 오늘도 지난번처럼 동화 속 이야기가 꿈에 나타날지도 모른다는 생각에 조금 신나기도 했다.

"피터 팬이랑 하늘을 날면 재밌을 것 같아."

그때 누군가가 나타났다. 하나는 엄마가 찾아온 줄 알고 벌떡 일어났다. 그런데 엄마가 아니었다.

"꼬마야, 왜 혼자 있니?"

엄마라고 생각한 사람은 하나가 처음 보는 사람이었다. 허름한 망토를 뒤집어쓴 키 큰 여자는 하나의 눈높이에 맞춰 무릎을 굽혀 쪼그려 앉았다.

"아줌마는 누구예요?"

"반가워, 나는 알파라고 해. 시간 여행자이자 동화자야."

"내 이름은 하나예요. 서. 하. 나."

하나는 제 이름을 한 글자 한 글자 힘주어 말했고, 알파는 그런 하나가 귀여운 듯 머리를 부드럽게 쓰다듬었다.

"하나는 어쩌다 여기에 온 거니?"

"이건 비밀인데요, 저는 지금 꿈속이에요. 엄마가 《피터 팬》을 읽어 줬거든요. 책을 읽으면 가끔 꿈을 꿔요."

"여기가 꿈속이라고?"

알파는 고개를 갸우뚱 기울였다.

"저는요, 네버랜드에서 하늘을 날고 싶어요."

"네버랜드에 가고 싶니?"

하나는 힘차게 고개를 끄덕였다.

"그럼 눈을 감고 하나부터 열까지 세어 봐."

하나는 두 손으로 눈을 가리고 하나부터 열까지 천천히 세기 시작했다.

"자, 이제 눈을 떠도 돼."

하나는 조심스럽게 눈을 떴다. 뿌연 안개는 온데간데없이 사라지고 아이들이 하늘을 날고 있었다. 하나는 발아래를 내려다보았다. 바닷물이 무지갯빛으로 일렁거렸다.

"난다!"

하나는 알파 주위를 어지럽게 날았다. 갑작스러운 돌풍에 하나는 잠시 몸을 휘청이다가 알파를 붙잡았다. 하나의 손이 알파에게 닿자 알파는 무언가를 감지한 듯 하나를 쳐다보곤 곧 밝게 미소 지었다.

"네가 그 아이구나. 하나라고 했지?"

"하나는 네 살이에요."

하나는 하얗고 짧은 엄지손가락을 접어 보였다.

"하나는 책을 정말 좋아하는구나."

"우리 엄마가 읽어 주면 정말 재밌어요."

알파가 하나의 머리를 쓰다듬었다.

"반가워, 또 다른 동화자. 네버랜드에 온 걸 환영해."

* * *

하나는 《피터 팬》을 끌어안고 잠꼬대로 "조금만 더 날래요"라고 중얼거렸다. 엄마는 그 모습을 흐뭇하게 바라보았다.

"우리 딸, 꿈에서 하늘을 날고 있나 보네."

엄마가 하나의 머리카락을 부드럽게 쓸어 넘기자 곧 잠에서 깨어났다.

"잘 잤어? 하나가 오늘은 무슨 꿈을 꿨을까?"

"음……."

하나는 꿈 내용을 떠올려 보려고 애썼지만 도무지 기억나지 않았다.

"음, 무척 재밌는 꿈이었어."

"그래?"

"엄마, 이거 읽어 줘요."

하나는 껴안고 있던 《피터 팬》을 내밀었다.

"어디 보자, 어디선가 후크 선장이 나타났어요……."

하나는 숨죽이고 엄마의 무시무시한 후크 선장 연기를 바라보았다. 무서운 장면에선 손으로 눈을 가리면서도 끝까지 이야기에 귀를 기울였다.

"또 읽어 주세요."

엄마는 《피터 팬》을 세 번이나 더 읽었다. 하나는 아직 한 번도 비행기를 타 본 적이 없지만 왠지 하늘을 나는 기분을 알 것 같았다.

처음부터 하나의 이야기를 쓰려고 했던 것은 아니었습니다. 이 이야기는 원래 스토리텔러 A의 이야기였습니다. '책에 빙의되는 직업을 소재로 글을 쓰면 재미있지 않을까?'라는 단순한 생각에서부터 시작되었거든요. 그러다가 점점 직업과 꿈이라는 큰 주제로 옮겨 가게 되었고 하나라는 캐릭터가 탄생했습니다.

하나는 원래 특별한 꿈이 없는 학생이었습니다. 서른을 바라보고 있는 저 역시 오랜 시간 특별한 꿈 없이 방황하며 살아왔고, 뭘 해야 할지 갈피를 잡지 못하던 중에 이 소설을 쓰기 시작했습니다. 저와 비슷한 상황 속에 놓인 사람이라면 했을 법한 고민과 생각들의 해답을 찾길 바라는 마음으로 썼고, 그 바람이 하나라는 캐릭터에 녹아들었습니다. 그러니까 하나는 저의 모습이기도 합니다.

그래서일까요, 신기하게도 쓰는 내내 저 역시 하나와 함께 소설 캐릭터에 동화하면서 앞으로 나아가야 할 방향들을 잡고 성장할 수 있었던 것 같습니다. 소설 속의 하나는 직업 체험을 통해 마침내 꿈을 찾습니다. 하나의 꿈 찾기 여정은 가만히 앉아 고뇌하는 게 아니고, 단 한 번으로 찾았던 것도 아닙니다. 우연찮게 맞이한 계기였지만 그 속에서 도전했고, 주변 사람들의 도움을 받아 가며 스스로 답을 얻었습니다.

제가 한참 방황하던 시기에도 손에서 놓지 않았던 건, 책 읽기였습니다. 소설을 읽으면서 많은 위안을 얻었어요. 스토리가 저에게 힘이 되고 용기를 불어넣어 주었던 것처럼, 누군가에게는 이 작품이 위로가 되고 또 다른 누군가에게는 재미로, 희망으로 다가갔으면 좋겠습니다.

소설 속 하나의 꿈은 현재 진행형입니다. 하나의 꿈을 향한 노력이 소설이 끝났어도 계속되는 것처럼, 마지막 페이지까지 함께해 주신 독자분들의 꿈을 향한 노력도 지속되어 열매 맺기를 마음 깊이 응원하겠습니다.

김연주

퀘스트
줄거리를 회수하라

초판 1쇄 인쇄 2025년 3월 7일
초판 1쇄 발행 2025년 3월 14일

지은이 김연주
그린이 박시현

펴낸이 홍석
이사 홍성우
인문편집부장 박월
편집 박주혜·조준태
디자인 이희우
마케팅 이송희·김민경
제작 홍보람
관리 최우리·정원경·조영행

펴낸곳 도서출판 풀빛
등록 1979년 3월 6일 제2021-000055호
주소 07547 서울특별시 강서구 양천로 583 우림블루나인비즈니스센터 A동 21층 2110호
전화 02-363-5995(영업), 02-364-0844(편집)
팩스 070-4275-0445
홈페이지 www.pulbit.co.kr
전자우편 inmun@pulbit.co.kr

ISBN 979-11-94636-00-7 43810